AF217751

Tucholsky Wagner Zola Scott Sydow Freud Schlegel
Turgenev Wallace Fonatne
Twain Walther von der Vogelweide Fouqué Friedrich II. von Preußen
Weber Freiligrath Frey
Fechner Weiße Rose von Fallersleben Kant Ernst Frommel
Fichte Richthofen
Hölderlin
Fehrs Engels Fielding Eichendorff Tacitus Dumas
Faber Flaubert Eliasberg Ebner Eschenbach
Feuerbach Maximilian I. von Habsburg Fock Zweig
Ewald Eliot Vergil
Goethe London
Mendelssohn Balzac Shakespeare Elisabeth von Österreich Dostojewski Ganghofer
Lichtenberg Rathenau
Trackl Stevenson Doyle Gjellerup
Mommsen Tolstoi Hambruch Droste-Hülshoff
Thoma Lenz Hanrieder
Dach Verne von Arnim Hägele Hauff Humboldt
Reuter Rousseau Hagen Hauptmann Gautier
Karrillon Garschin
Damaschke Defoe Hebbel Baudelaire
Descartes Hegel Kussmaul Herder
Wolfram von Eschenbach Dickens Schopenhauer Rilke George
Bronner Darwin Melville Grimm Jerome
Campe Horváth Aristoteles Bebel Proust
Bismarck Vigny Barlach Voltaire Federer Herodot
Gengenbach Heine
Storm Casanova Tersteegen Grillparzer Georgy
Chamberlain Lessing Langbein Gilm
Brentano Gryphius
Strachwitz Claudius Schiller Lafontaine
Katharina II. von Rußland Bellamy Schilling Kralik Iffland Sokrates
Gerstäcker Raabe Gibbon Tschechow
Löns Hesse Hoffmann Gogol Wilde Vulpius
Luther Heym Hofmannsthal Klee Hölty Morgenstern Gleim
Roth Heyse Klopstock Kleist Goedicke
Luxemburg Puschkin Homer Mörike
La Roche Horaz Musil
Machiavelli Kierkegaard Kraft Kraus
Navarra Aurel Musset Moltke
Nestroy Marie de France Lamprecht Kind Kirchhoff Hugo
Laotse Ipsen Liebknecht
Nietzsche Nansen
Marx Lassalle Gorki Ringelnatz
von Ossietzky Klett Leibniz
May
vom Stein Lawrence Irving
Petalozzi
Platon Knigge
Sachs Poe Pückler Michelangelo Kafka
Liebermann Kock
de Sade Praetorius Mistral Zetkin Korolenko

Der Verlag tredition aus Hamburg veröffentlicht in der Reihe **TREDITION CLASSICS** Werke aus mehr als zwei Jahrtausenden. Diese waren zu einem Großteil vergriffen oder nur noch antiquarisch erhältlich.

Symbolfigur für **TREDITION CLASSICS** ist Johannes Gutenberg (1400 — 1468), der Erfinder des Buchdrucks mit Metalllettern und der Druckerpresse.

Mit der Buchreihe **TREDITION CLASSICS** verfolgt tredition das Ziel, tausende Klassiker der Weltliteratur verschiedener Sprachen wieder als gedruckte Bücher aufzulegen – und das weltweit!

Die Buchreihe dient zur Bewahrung der Literatur und Förderung der Kultur. Sie trägt so dazu bei, dass viele tausend Werke nicht in Vergessenheit geraten.

Leb wohl!

Honoré de Balzac

Impressum

Autor: Honoré de Balzac
Übersetzung: Ernst Weiß
Umschlagkonzept: toepferschumann, Berlin

Verlag: tredition GmbH, Hamburg
ISBN: 978-3-8424-6957-0
Printed in Germany

Leb wohl!

»Auf, Zentrumsdeputierter, vorwärts! Es gilt, im Geschwind-schritt zu marschieren, wenn wir zugleich mit den andern zu Tisch kommen wollen. Auf die Beine! Springen, Marquis! So, schön! Sie laufen wie ein wahrer Hirsch über die Furchen!«

Diese Worte sprach ein Jäger, der friedlich am Rande des Waldes von L'Isle-Adam saß und eben seine Havanna beendete; er wartete auf seinen Gefährten, der sich zweifellos schon vor längerer Zeit im Dickicht des Waldes verirrt hatte. Zu seinen Seiten blickten vier keuchende Hunde wie er dem Manne entgegen, an den er seine Worte richtete. Um zu verstehen, wie spöttisch seine Ansprache, die er von Zeit zu Zeit wiederholte, gemeint war, muß man wissen, daß der ragende Bauch des Angeredeten, eines dicken und untersetzten Mannes, eine wahrhaft beamtenmäßige Wohlbeleibtheit zeigte. Es machte ihm denn auch weidliche Mühe, die Furchen eines großen frisch gemähten Feldes zu durchqueren, dessen Stoppeln ihm sei-nen Marsch beträchtlich erschwerten; um das Ganze noch schmerz-licher zu machen, sammelten die Sonnenstrahlen auf seiner Stirn, die sie in schrägem Einfall trafen, dicke Schweißtropfen. Da ihn vor allem die Sorge in Anspruch nahm, sein Gleichgewicht zu bewah-ren, so neigte er sich bald nach vorn und bald nach hinten, so daß seine Bewegungen den Sprüngen eines stark hin und her geworfe-nen Wagens glichen. Der Tag gehörte zu jenen Septembertagen, an denen unter äquatorialen Gluten die Trauben reifen. Das Wetter deutete auf ein kommendes Gewitter. Obgleich am Horizont noch ein paar große blaue Flächen die schweren schwarzen Wolken trennten, sah man schon mit erschreckender Geschwindigkeit gelb-liche Gewitterwolken nahen, die von Osten bis nach Westen einen leichten grauen Vorhang spannten. Da der Wind sich nur in den oberen Regionen der Luft bewegte, so drückte die Atmosphäre unten die glühenden Ausdünstungen der Erde zusammen. Das Tal, durch das der Jäger kam, war von hohen Waldbeständen umgeben, die es der Luft beraubten, und also herrschte die Temperatur eines Schmelzofens. Der Wald, der schweigsam und glühend dalag, schien zu dürsten. Die Vögel und Insekten waren verstummt, und die Wipfel der Bäume neigten sich kaum. Jeder also, dem noch eine Erinnerung an den Sommer des Jahres 1819 bleibt, muß Mitleid haben mit dem Leiden des armen Beamten, der Wasser und Blut schwitzte, um zu seinem spöttischen Gefährten hinzugelangen. Während dieser seine Zigarre rauchte, hatte er nach dem Stande der Sonne berechnet, daß es etwa fünf Uhr nachmittags sein mochte.

»Wo zum Teufel sind wir?« fragte der dicke Jäger, indem er sich die Stirn abwischte und sich seinem Gefährten fast gegenüber an einen Baum lehnte, denn er fühlte nicht mehr die Kraft, den breiten Graben zu überspringen, der sie noch trennte. »Und danach fragen Sie mich?« antwortete lachend der andere, der an der Böschung in den hohen gelben Kräutern lag. Er warf den Rest seiner Zigarre in den Graben und rief: »Ich schwöre beim heiligen Hubertus, daß man mich nicht wieder dabei ertappen soll, wie ich mich mit einem Beamten in unbekannte Gegenden wage, und wäre er auch wie Sie, mein lieber d'Albon, ein alter Schulkamerad!« »Aber Philipp, verstehen Sie denn kein Französisch mehr? Sie haben Ihren Geist wohl in Sibirien gelassen«, erwiderte der Dicke, indem er einen schmerzlich komischen Blick auf einen Wegweiser warf, der hundert Schritte weiter hin stand. »Ich verstehe«, erwiderte Philipp, der seine Flinte ergriff, aufsprang, mit einem Satz im Feld war und auf den Wegweiser zulief. »Hierher, d'Albon, hierher! Linksum!« rief er seinem Gefährten zu, indem er ihm mit einer Handbewegung eine breite gepflasterte Straße zeigte. »Die Straße von Baillet nach L'Isle-Adam«, fuhr Philipp fort; »in dieser Richtung also müssen wir die nach Cassan finden, denn die zweigt von der nach L'Isle-Adam ab.« »Ganz recht, Herr Oberst«, sagte d'Albon, indem er eine Mütze auf den Kopf setzte, mit der er sich zugefächelt hatte. »Vorwärts also, ehrenwerter Herr Rat«, erwiderte der Oberst, und er pfiff den Hunden, die ihm schon besser zu gehorchen schienen als dem Beamten, dem sie gehörten.

»Wissen Sie, Herr Marquis,« sagte der tückische Offizier, »daß wir noch mehr als zwei Stunden vor uns haben? Das Dorf, das wir da unten sehen, muß Baillet sein.« »Großer Gott!« rief der Marquis d'Albon aus; »gehen Sie nach Cassan, wenn es Ihnen Vergnügen macht, aber Sie müssen allein gehen; ich ziehe es vor, trotz dem Gewitter hier auf das Pferd zu warten, das Sie mir aus dem Schloß schicken werden. Sie haben sich über mich lustig gemacht, Sucy. Wir wollten eine hübsche kleine Jagdpartie unternehmen, ohne uns von Cassan zu entfernen; wir wollten die Felder durchstöbern, die ich kenne. Bah, statt uns zu amüsieren, haben Sie mich seit vier Uhr morgens wie einen Windhund umhergehetzt. Und zum Frühstück haben wir nichts gehabt als zwei Tassen Milch! Ah, wenn Sie jemals einen Prozeß bei unserm Gerichtshof anhängig machen, so werde ich dafür sorgen, daß Sie ihn verlieren, und wären Sie hundertmal im Recht.« Der entmutigte Jäger setzte sich auf einen der Marksteine, die am Fuße des Wegweisers standen, warf seine Flinte sowie seine leere Jagdtasche zu Boden und seufzte tief auf. »Frankreich, das sind deine Volksvertreter!« rief lachend Oberst von Sucy. »Ach, mein armer d'Albon, hätten Sie wie ich sechs Jahre im tiefsten Sibirien gesteckt ...« Er beendete seinen Satz nicht und hob die Augen gen Himmel, als wären seine Leiden ein Geheimnis zwischen Gott und ihm. »Auf, vorwärts!« fügte er hinzu; »wenn Sie sitzen bleiben, so sind sie verloren.« »Was wollen Sie, Philipp! Es ist die alte Richtergewohnheit! Übrigens bin ich am Ende meiner Kräfte! Wenn ich wenigstens noch einen Hasen geschossen hätte!«

Die beiden Jäger stellten einen seltenen Gegensatz dar. Der Richter war zweiundvierzig Jahre alt und sah aus, als wäre er noch nicht dreißig, während der Offizier, der dreißig war, mindestens vierzig zu sein schien. Beide trugen die rote Rosette, das Abzeichen der Offiziere der Ehrenlegion. Unter der Mütze des Obersten stahlen sich ein paar Haarsträhnen hervor, in denen wie im Flügel einer Elster Weiß und Schwarz gemischt war; die Schläfen des Richters prangten in schönen blonden Locken. Der eine war hochgewachsen, trocken, hager, nervig, und die Runzeln seines Gesichts verrieten schreckliche Leidenschaften oder furchtbares Unglück; das Gesicht des andern strahlte von Gesundheit und war jovial und eines Epikureers würdig. Beide waren stark von der Sonne verbrannt, und ihre langen Gamaschen aus falbem Leder zeigten die Spuren aller Gräben und aller Sümpfe, die sie durchquert hatten.

»Auf,« rief Herr von Sucy, »vorwärts! Nach einem Marsch von einer kleinen Stunde sitzen wir in Cassan vor einer guten Tafel.« »Sie können nie geliebt haben«, erwiderte der Rat mit einem jämmerlich komischen Gesicht; »Sie sind unerbittlich wie der Paragraph 304 des Strafgesetzbuchs.«

Philipp von Sucy zitterte heftig; seine Stirn zog sich in Runzeln, sein Gesicht wurde so finster, wie es der Himmel in diesem Augenblick war. Obgleich eine Erinnerung von furchtbarer Bitterkeit all seine Züge zusammenzog, weinte er nicht. Kraftvollen Männern gleich wußte er seine Empfindungen in die Tiefe des Herzens zu verschließen; und vielleicht hinderte ihn auch, wie viele reine Charaktere, die Scham, seine Schmerzen zu entschleiern, da doch kein menschliches Wort ihre Tiefe wiedergeben kann und man zugleich den Spott der Menschen fürchtet, die sie nicht verstehen wollen. Herr d'Albon hatte eine jener zarten Seelen, die fremde Leiden erraten und lebhaft die Erschütterung mitfühlen, die sie wider Willen durch ein Ungeschick hervorgerufen haben. Er achtete das Schweigen seines Freundes, stand auf, vergaß seine Müdigkeit und folgte ihm schweigend, ganz betrübt, daß er an eine Wunde gerührt hatte, die wahrscheinlich noch nicht vernarbt war. »Eines Tages, mein Freund,« sagte Philipp, indem er ihm die Hand drückte und ihm durch einen herzzerreißenden Blick für seine stumme Reue dankte, »eines Tages werde ich dir mein Leben erzählen. Heute könnte ich es nicht.«

Sie schritten schweigend weiter. Als der Schmerz des Obersten sich gelegt zu haben schien, spürte der Rat seine Mattigkeit von neuem; und mit dem Instinkt oder vielmehr dem Willen eines erschöpften Menschen sondierte sein Auge alle Tiefen des Waldes; er untersuchte die Wipfel der Bäume, warf prüfende Blicke in die Alleen und hoffte immer, dort irgendeinen Ort zu finden, in dem er um Gastfreundschaft bitten könnte. Als sie an einen Kreuzweg kamen, glaubte er einen leichten Rauch zu bemerken, der sich zwischen den Bäumen erhob. Er blieb stehen, sah aufmerksam hin und erkannte mitten auf einer riesigen Grasfläche die grünen und düstern Äste einiger Fichten.

»Ein Haus! Ein Haus!« rief er mit solcher Freude, wie ein Seemann ›Land! Land!‹ gerufen hätte. Dann eilte er lebhaft durch ein ziemlich wildes Dickicht; und der Oberst, der in tiefes Sinnen versunken war, folgte ihm mechanisch. »Ich will lieber hier eine Omelette, hausbackenes Brot und einen Stuhl vorfinden, als nach Cassan gehen, um Diwane, Trüffeln und Bordeauxwein zu suchen!« Diese Worte waren ein Begeisterungsruf, der dem Rat beim Anblick einer Mauer entfuhr, deren weißliche Farbe sich in der Ferne von der braunen Masse der knorrigen Stämme des Waldes abhob. »Aha, das sieht mir ganz nach einer alten Abtei aus!« rief der Marquis d'Albon von neuem, als er zu einem alten schwarzen Gitter kam, durch das er mitten in einem recht geräumigen Park einen Bau im Stil der einstigen Klostergebäude erblickte. »Wie diese Mönchshalunken sich den Ort zu wählen wußten!«

Dieser neue Ausruf zeugte für die Überraschung des Richters, als sich seinen Blicken ein poetischer Landsitz darbot. Das Haus lag auf halber Höhe am Hang des Berges, auf dessen Gipfel das Dorf Nerville liegt. Die großen hundertjährigen Eichen des Waldes, der rings um diesen Bau einen ungeheuren Kreis beschrieb, machten ihn zu einer wahren Einsiedelei. Das abgesonderte Gebäude, das einst für die Mönche bestimmt war, lag nach Süden zu. Der Park schien etwa vierzig Morgen groß zu sein. Um das Haus erstreckte sich eine grüne Wiese, die von mehreren klaren Bächen und scheinbar ohne künstliche Nachhilfe anmutig angelegten Wasserflächen glücklich durchschnitten wurde. Hier und da erhoben sich grüne Bäume von gefälligen Formen und mannigfaltigem Laub; und ferner gaben geschickt gruppierte Grotten, wuchtige Terrassen mit verfallenen Treppen und verrosteten Geländern dieser wilden Einöde ein besonderes Gepräge. Die Kunst hatte ihre Bauten zierlich mit den malerischsten Gebilden der Natur geeint. Es war, als müßten die menschlichen Leidenschaften ersterben am Fuß dieser großen Bäume, die dem Lärm der Welt den Eingang zu diesem Zufluchtsort wehrten, wie sie auch die Gluten der Sonne milderten.

›Was für eine Unordnung!‹; sagte Herr d'Albon bei sich selber, nachdem er den düstern Ausdruck genossen hatte, den die Ruinen dieser wie von einem Fluch getroffenen Landschaft zeigten.

Das Ganze glich einem Unheilsort, den die Menschen verlassen haben. Überall hatte der Efeu seine vielfach gewundenen Stränge und reichen Tücher aufgehängt. Braunes, grünliches, gelbes und rotes Moos goß seine romantischen Töne über die Bäume, die Bänke, die Dächer und Steine. Die wurmstichigen Fenster waren vom Regen angenagt, von der Zeit verwittert; die Balkone waren zerbrochen, die Terrassen verwüstet. Einige Jalousien hingen nur noch in einer Angel. Die rissigen Türen schienen einem Angreifer nicht mehr standhalten zu können. Die mit den leuchtenden Büschen der Mistel behangenen Äste der vernachlässigten Obstbäume reckten sich weithin, ohne eine Ernte zu geben. Hohe Kräuter wuchsen in den Alleen. Diese Trümmer brachten Wirkungen von hinreißender Poesie in das Bild und erfüllten die Seele des Beschauers mit träumerischen Gedanken. Ein Dichter wäre dort sitzen geblieben, versunken in eine lange Melancholie, während er diese Unordnung voller Harmonie, diese Zerstörung, die nicht ohne Anmut war, bewundert hätte. In diesem Augenblick brachen ein paar Sonnenstrahlen durch die Ritzen der Wolken, und sie beleuchteten die fast wilde Szene mit Lichtgarben in tausend Farben. Die braunen Ziegel glänzten auf, das Moos leuchtete, phantastische Schatten glitten über das Gras und unter den Bäumen hin; tote Farben erwachten, reizvolle Gegensätze stritten miteinander, und das Laub hob sich in der Helle ab. Plötzlich verschwand das Licht. Die Landschaft, die gesprochen zu haben schien, verstummte und wurde wieder düster oder vielmehr sanft wie der sanfteste Ton einer herbstlichen Dämmerung.

›Das ist Dornröschens Schloß‹, sagte der Rat bei sich; er sah dies Haus bereits nur noch mit dem Blick des Grundbesitzers. ›Wem mag das nur gehören? Er muß hübsch dumm sein, daß er einen so schönen Besitz nicht bewohnt.‹

Plötzlich stürzte eine Frau unter einem Nußbaum hervor, der rechts von dem Gitter wuchs, und ohne das geringste Geräusch eilte sie so schnell wie der Schatten einer Wolke vor dem Rat vorüber; diese Vision ließ ihn vor Überraschung verstummen. »Nun, d'Albon, was haben Sie?« fragte der Oberst. »Ich reibe mir die Augen, um herauszubekommen, ob ich schlafe oder wache«, erwiderte der Richter, indem er sich ans Gitter schmiegte, um zu sehen, ob er die Erscheinung noch einmal zu Gesicht bekäme. »Sie ist wahrscheinlich unter diesem Feigenbaum«, sagte er, indem er Philipp das Laub eines Baumes zeigte, der links vom Tor über die Mauer emporragte. »Wer, sie?« »Nun, kann ich das etwa wissen?« erwiderte d'Albon. »Eben erhob sich dort«, fügte er leise hinzu, »eine seltsame Frau; sie schien mir eher zu den Schatten zu gehören als zur Welt der Lebenden. Sie ist so schlank, leicht und duftig, daß sie durchsichtig sein muß. Ihr Gesicht ist weiß wie Milch. Ihre Kleider, ihre Augen und ihr Haar sind schwarz. Sie sah mich an, als sie vorübereilte; und obwohl ich nicht furchtsam bin, ist mir vor ihrem reglosen und kalten Blick das Blut in den Adern erstarrt.« »Ist sie hübsch?« fragte Philipp. »Ich weiß es nicht; ich habe nur die Augen in dem Gesicht gesehen.« »Zum Henker mit dem Diner in Cassan!« rief der Oberst aus; »lassen Sie uns hier bleiben. Mich verlangt wie ein Kind danach, in diese sonderbare Besitzung einzudringen. Sehen Sie diese rotgestrichenen Fensterrahmen und die roten Striche auf den Tür- und Fensterleisten? Ist es nicht, als wäre dies das Haus des Teufels? Vielleicht hat er die Mönche beerbt. Auf, hinter der weißen und schwarzen Dame her! Vorwärts!« rief Philipp in künstlicher Lustigkeit.

In diesem Augenblick vernahmen die beiden Jäger einen Schrei, nicht unähnlich dem, den ein in der Schlinge gefangener Vogel ausstößt. Sie horchten auf. Das Laub einiger Büsche, die jemand streifte, klang durch die Stille wie das Murmeln einer bewegten Welle; aber obgleich sie horchten, um noch ein paar neue Laute zu erhaschen, blieb der Landsitz schweigsam, und die Erde bewahrte das Geheimnis der Schritte jener Unbekannten, wenn sie überhaupt ging.

»Das ist doch sonderbar!« rief Philipp, indem er der Linie folgte, die die Parkmauern beschrieben. Die beiden Freunde kamen bald zu einer Allee des Waldes, die nach dem Dorfe Chauvry führte. Als sie auf diesem Wege in der Richtung nach Paris zurückgeschritten waren, standen sie plötzlich vor einem großen Gittertor und sahen nun die Hauptfassade des geheimnisvollen Wohnsitzes. Auf dieser Seite erreichte die Unordnung ihren Gipfel. Ungeheure Risse durchschnitten die Mauern dreier Gebäude, die rechtwinklig zueinander erbaut worden waren. Trümmer von Ziegeln und Schiefer lagen zerbröckelt am Boden, und verwahrloste Dächer deuteten auf völlige Vernachlässigung. Einige Früchte waren unter die Bäume gefallen und faulten, statt aufgesammelt zu werden. Auf den Grasplätzen weidete eine Kuh und trat die Blumenbeete nieder, während eine Ziege an den unreifen Weintrauben und dem Laub einer Kletterrebe naschte.

»Hier ist alles Harmonie, und die Unordnung ist gewissermaßen organisiert«, sagte der Oberst, indem er an der Kette einer Schelle zog. Aber die Glocke war ohne Klöppel ... Die beiden Jäger hörten nur den merkwürdig scharfen Klang einer verrosteten Feder. Obgleich die kleine Tür in der Mauer neben dem Gittertor ganz verfallen war, widerstand sie doch jeder Anstrengung. »Oho! All das scheint mir sehr sonderbar«, sagte Philipp zu seinem Gefährten. »Wenn ich nicht Richter wäre,« erwiderte d'Albon, »so würde ich die schwarze Frau für eine Zauberin halten.«

Kaum hatte er diese Worte gesprochen, so kam die Kuh an das Gitter und hielt ihnen das warme Maul hin, als triebe sie das Bedürfnis, menschliche Wesen zu sehen. Jetzt aber zog eine Frau, wenn man dem unbestimmbaren Wesen, das sich unter einer Strauchgruppe erhob, diesen Namen geben kann, die Kuh an einem Strick zurück. Die Frau trug auf dem Kopf ein rotes Tuch, unter dem ein paar blonde Haarsträhnen hervorsahen, die dem Hanf auf einer Spindel ziemlich ähnlich waren. Ein Brusttuch trug sie nicht. Ein grober abwechselnd schwarz und grau gestreifter Wollrock, der um einige Zoll zu kurz war, zeigte ihre Beine. Man hätte glauben können, sie gehöre zu einem Stamm der Rothäute, die Cooper feiert; denn ihre nackten Beine, ihr Hals und ihre Arme schienen ziegelrot angestrichen zu sein. Kein Strahl des Verständnisses belebte ihr flaches Gesicht. Ihre bläulichen Augen waren ohne Wärme und trüb. Ein paar spärliche weiße Haare vertraten die Stelle der Augenbrauen. Und schließlich war die Linie ihres Mundes so geführt, daß die schlechtstehenden Zähne, die jedoch weiß waren wie die eines Hundes, daraus hervortraten.

»Heda, Frau!« rief Herr von Sucy. Sie kam langsam ans Tor, indem sie die beiden Jäger mit alberner Miene ansah; bei ihrem Anblick entschlüpfte ihr ein mühsames und gezwungenes Lächeln. »Wo sind wir? Was für ein Haus ist das da? Wem gehört es? Wer seid Ihr? Gehört Ihr hierher?« Auf diese Fragen und noch eine Menge anderer, die beide Freunde nach und nach an sie richteten, antwortete sie nur durch ein paar Kehllaute, die mehr von einem Tier als von einem menschlichen Wesen zu kommen schienen. »Sehen Sie nicht, daß sie taubstumm ist?« sagte der Richter. »Minimen!« rief die Bäuerin. »Ah, sie hat recht; es könnte sehr wohl das ehemalige Kloster der Minimen[1] sein«, sagte d'Albon. Die Fragen begannen von neuem. Aber die Bäuerin errötete wie ein launisches Kind, spielte mit ihrem Holzschuh, drehte den Strick der Kuh, die

---

[1] Orden der Minimen, dessen Stifter François de Paule von Ludwig XI. gewöhnlich ›Bonhomme‹ genannt wurde; daher der im Original stehende Name ›Bons-hommes‹.

wieder zu weiden begann, und sah die beiden Jäger an, deren Kleidung sie in allen Einzelheiten studierte; sie kläffte, grunzte, gluckste, aber sie sprach nicht. »Du heißt?« fragte Philipp, indem er sie starr ansah, als wollte er sie bezaubern. »Genoveva«, erwiderte sie mit einem stumpfsinnigen Lachen. »Bislang ist die Kuh das vernünftigste Wesen, das wir gesehen haben«, rief der Richter; »ich werde einmal einen Schuß in die Luft schicken, damit jemand kommt.«

In dem Augenblick, als d'Albon zu seiner Waffe griff, hielt der Oberst ihn durch eine Geste zurück und zeigte ihm mit dem Finger die Unbekannte, die ihre Neugier so sehr gereizt hatte. Diese Frau schien in tiefes Sinnen versunken zu sein, und sie kam langsamen Schrittes durch eine ziemlich entfernte Allee daher, so daß die beiden Freunde Zeit hatten, sie prüfend zu betrachten. Sie trug ein Kleid aus ganz abgenutztem schwarzem Satin. Ihr langes Haar fiel ihr in zahlreichen Locken auf die Stirn und um die Schultern; es reichte ihr bis über den Rumpf hinab und diente ihr als Schal. Da sie ohne Zweifel an solche Unordnung gewöhnt war, so strich sie sich die Locken nur sehr selten auf beiden Seiten von den Schläfen zurück; dann aber bewegte sie den Kopf mit einem jähen Ruck, den sie nicht zu wiederholen brauchte, um ihre Stirn oder ihre Augen von dem dichten Schleier zu befreien. Ihre Geste hatte übrigens wie die eines Tieres jene wundervolle mechanische Sicherheit, die bei einer Frau als ein Wunder erscheinen konnte. Die beiden Jäger sahen sie zu ihrem Staunen mit der Leichtigkeit eines Vogels auf den Ast eines Apfelbaums springen und sich dort festhalten. Sie griff nach den Früchten und aß sie. Dann ließ sie sich mit der anmutigen Weichheit, die man bei den Eichhörnchen bestaunt, zu Boden fallen. Ihre Glieder besaßen eine Biegsamkeit, die selbst ihren geringsten Bewegungen den Schein der Anstrengung oder Unbequemlichkeit nahm. Sie spielte auf dem Rasen und wälzte sich, wie es ein Kind hätte tun können. Dann streckte sie plötzlich Füße und Hände von sich und blieb ausgestreckt auf dem Grase liegen, und zwar mit der Schmiegsamkeit, der Anmut und der Natürlichkeit einer jungen Katze, die in der Sonne schläft. Der Donner hatte in der Ferne gegrollt; sie warf sich plötzlich herum und erhob sich mit der wunderbaren Behendigkeit eines Hundes, der einen Fremden kommen hört, auf alle viere. In dieser wunderlichen Haltung trennte sich ihr schwarzes Haar plötzlich in zwei breite Strähnen, die zu beiden Seiten ihres Kopfes herabfielen und beiden Zuschauern dieser Szene erlaubten, ihre Schultern zu bewundern, deren weiße Haut leuchtete wie die Maßliebchen der Wiese, und einen Hals, dessen Vollkommenheit einen Schluß zuließ auf die übrigen Proportionen ihres Körpers.

Sie ließ einen schmerzlichen Schrei ertönen und erhob sich ganz auf die Füße. Ihre Bewegungen gingen so anmutig ineinander über, sie wurden so behend ausgeführt, daß sie nicht ein menschliches Geschöpf, sondern eine jener Töchter der Luft zu sein schien, wie Ossian sie feiert. Sie ging auf eine Wasserfläche zu, schüttelte leicht das eine Bein, um den Schuh abzuwerfen, und schien sich darin zu gefallen, daß sie den alabasterweißen Fuß im Wasser benetzte; zweifellos bewunderte sie die Wellen, die sie hervorrief und die Geschmeiden glichen. Dann kniete sie am Rande des Beckens hin und vergnügte sich wie ein Kind damit, ihre langen Locken hineinzutauchen und sie jäh zurückzuziehen, als wollte sie das Wasser, das sie aufgesogen hatten und das, von den Lichtstrahlen durchleuchtet, zwei Rosenkränzen aus Perlen glich, Tropfen für Tropfen niederrinnen sehen.

»Diese Frau ist wahnsinnig!« rief der Rat.

Ein heiserer Schrei erscholl; Genoveva hatte ihn ausgestoßen; er hallte wider und schien für die Unbekannte bestimmt zu sein, die sich lebhaft aufrichtete und ihr Haar zu beiden Seiten des Gesichts zurückwarf. In diesem Augenblick konnten der Oberst und d'Albon deutlich die Züge dieser Frau sehen, die nun, als sie die beiden Freunde bemerkte, mit der Leichtigkeit einer Hirschkuh in wenigen Sätzen ans Gitter gelaufen kam. »Leb wohl!« sagte sie mit sanfter und harmonischer Stimme, aber ohne daß diese Melodie, auf die die Jäger ungeduldig geharrt hatten, die geringste Empfindung oder den geringsten Gedanken zu verraten schien.

Herr d'Albon bewunderte die langen Wimpern ihrer Augen, ihre dichten schwarzen Brauen, eine Haut von blendender Weiße und ohne die geringste rote Schattierung. Nur kleine blaue Adern durchschnitten ihren weißen Teint. Als der Rat sich zu seinem Freund umwandte, um ihm zu sagen, welches Staunen ihm der Anblick dieser sonderbaren Frau einflöße, sah er ihn wie tot im

Grase hingestreckt liegen. Der Rat feuerte seine Flinte ab, um Leute herbeizurufen, und rief: »Zu Hilfe!«, indem er den Obersten wieder aufzurichten versuchte. Bei dem Schall des Schusses entfloh die Unbekannte, die reglos stehen geblieben war, mit der Geschwindigkeit eines Pfeils; wie ein verwundetes Tier stieß sie Schreckensrufe aus und drehte sich unter den Zeichen tiefsten Entsetzens auf der Wiese im Kreise herum. Herr d'Albon hörte auf der Straße nach L'Isle-Adam eine Kalesche rollen, und er ging die Vorüberfahrenden um Hilfe an, indem er mit dem Taschentuch winkte. Der Wagen nahm sofort die Richtung auf das Klostergebäude zu, und Herr d'Albon erkannte in ihm Herrn und Frau von Granville, seine Nachbarn, die sich beeilten, ihr Gefährt zu verlassen und es dem Richter anzubieten. Frau von Granville hatte zufällig ein Riechsalzfläschchen bei sich, das man Herrn von Sucy an die Nase hielt. Als der Oberst die Augen aufschlug, richtete er sie auf die Wiese, wo die Unbekannte noch immer schreiend umherlief. Ihm entschlüpfte ein unverständlicher Ausruf, der eine Empfindung des Grauens verriet; dann schloß er die Augen wieder und machte eine Bewegung, als bäte er seinen Freund, ihn diesem Schauspiel zu entreißen. Herr und Frau von Granville stellten dem Rat frei, über ihren Wagen zu verfügen, indem sie ihm liebenswürdig sagten, sie wollten ihre Spazierfahrt nunmehr zu Fuß fortsetzen. »Wer ist denn diese Dame?« fragte der Richter, indem er auf die Unbekannte deutete. »Man nimmt an, daß sie aus Moulins kommt«, erwiderte Herr von Granville. »Sie nennt sich Gräfin von Vandieres; man sagt, sie sei wahnsinnig; aber da sie erst seit zwei Monaten hier ist, so könnte ich Ihnen nicht für die Wahrheit dieses Geredes bürgen.« Herr d'Albon dankte Herrn und Frau von Granville und brach nach Cassan auf.

»Sie ist es!« rief Philipp, als er wieder zum Bewußtsein kam. »Wer, sie?« fragte d'Albon. Stephanie ... Ach, tot und am Leben, am Leben und wahnsinnig! ... Ich glaubte, ich müßte sterben.«

Der vorsichtige Richter erkannte den Ernst der Krisis, der sein Freund verfallen war, und hütete sich, ihn zu fragen oder zu reizen. Er sehnte sich ungeduldig danach, sein Schloß zu erreichen, denn die Veränderung, die sich in den Zügen und in der ganzen Erscheinung des Obersten vollzog, ließ ihn befürchten, daß die Gräfin mit ihrer furchtbaren Krankheit Philipp angesteckt hätte. Sobald der

Wagen die Allee von L'Isle-Adam erreichte, schickte d'Albon den Lakaien zum Arzt des Ortes, so daß der Doktor in dem Augenblick, als der Oberst zu Bett gebracht worden war, auch schon an seinem Kopfkissen saß.

»Wenn der Herr Oberst nicht fast nüchternen Magens gewesen wäre,« sagte der Chirurg, »so wäre er tot. Seine Erschöpfung hat ihn gerettet.« Nachdem er die ersten Vorsichtsmaßregeln, die zu treffen waren, angeordnet hatte, ging er hinaus, um selbst einen beruhigenden Trank zu bereiten. Am folgenden Morgen ging es Herrn von Sucy besser; der Arzt hatte selbst bei ihm wachen wollen. »Ich will Ihnen gestehen, Herr Marquis,« sagte der Doktor, »daß ich eine Verlegung des Gehirns gefürchtet hatte. Herr von Sucy hat eine heftige Erschütterung erfahren. Seine Leidenschaften sind lebhaft; aber der erste Schlag entscheidet bei ihm über alles. Morgen wird er vielleicht außer Gefahr sein.«

Der Arzt täuschte sich nicht, und am folgenden Tage erlaubte er dem Richter, seinen Freund wiederzusehen. »Mein lieber d'Albon,« sagte Philipp, indem er ihm die Hand drückte, »ich erwarte einen Dienst von dir! Eile schleunigst zum Kloster; erkundige dich nach allem, was die Dame angeht, die wir dort gesehen haben, und kehre schnell zurück, denn ich werde die Minuten zählen.«

Herr d'Albon sprang auf ein Pferd und galoppierte bis zur ehemaligen Abtei. Als er ankam, bemerkte er vor dem Gittertor einen großen dürren Menschen von einnehmendem Gesicht, der des Richters Frage, ob er dies verfallene Haus bewohne, bejahte. Herr d'Albon erzählte ihm, weshalb er käme.

»Wie!« rief der Unbekannte, »Sie hätten diesen verhängnisvollen Schuß getan? Sie hätten meine arme Kranke fast getötet!« »Aber ich habe in die Luft geschossen.« »Sie hätten der Frau Gräfin weniger geschadet, wenn Sie sie getroffen hätten.« »Nun, wir haben einander nichts vorzuwerfen, denn der Anblick Ihrer Gräfin hat meinen Freund, Herrn von Sucy, fast getötet.« »Wäre es der Baron Philipp von Sucy?« rief der Arzt, indem er die Hände zusammenschlug. »Ist er in Rußland gewesen, beim Übergang über die Beresina?« »Ja,« erwiderte d'Albon, er wurde von den Kosaken gefangen genommen und nach Sibirien gebracht; vor etwa elf Monaten ist er zurückgekehrt.« »Treten Sie ein«, sagte der Unbekannte, indem er den Richter in einen Salon im Erdgeschoß des Wohnsitzes führte, wo alles die Spuren launischer Zerstörung trug. Kostbare Porzellanvasen lagen zerbrochen neben einer Uhr, deren Gehäuse verschont geblieben war. Die seidenen Vorhänge vor den Fenstern waren zerrissen, während der doppelte Musselinvorhang heil war. »Sie sehen«, sagte er beim Eintritt zu Herrn d'Albon, »die Verwüstungen, die das reizende Geschöpf anrichtet, dem ich mich gewidmet habe. Sie ist meine Nichte. Trotz der Ohnmacht meiner Kunst hoffe ich, ihr eines Tages die Vernunft zurückzugeben, wenn ich eine Methode anwenden kann, die zum Unglück nur reichen Leuten erlaubt ist.« Dann erzählte er, wie alle Leute, die in der Einsamkeit wohnen, von einem wiederauflebenden Schmerz gequält, dem Richter ausführlich das folgende Abenteuer, dessen Bericht hier geordnet und von den zahlreichen Abschweifungen befreit wurde, die sowohl Erzähler wie Hörer sich gestatteten.

Als Marschall Viktor gegen neun Uhr abends die Höhen von Studjanka verließ, die er am 28. November 1812 den ganzen Tag hindurch verteidigt hatte, ließ er dort etwa tausend Mann zurück, die beauftragt waren, diejenige der beiden Brücken über die Beresina, die noch übrig war, bis zum letzten Augenblick zu halten. Diese Nachhut hatte sich geopfert, um den Versuch zu wagen, ob man eine erschreckende Menge von Nachzüglern, die von der Kälte erstarrt waren und sich hartnäckig weigerten, den Train des Heeres zu verlassen, retten konnte. Der Heroismus der großherzigen Truppe sollte nutzlos sein. Die Soldaten, die in Massen am Ufer der Beresina zusammenströmten, fanden dort zum Unglück ungeheure Mengen von Wagen, Munitionsfuhrwerken und Geräten jeder Art, die das Heer hatte im Stich lassen müssen, als es während der Tage des 27. und 28. Novembers den Übergang vollzog. Als Erben unverhoffter Reichtümer bezogen diese vom Frost abgestumpften Armen die leeren Biwake. Sie zerbrachen das Material des Heeres, um sich Hütten zu bauen; sie entzündeten mit allem, was ihnen unter die Hände kam, Feuer; sie zerlegten die Pferde, um sich zu sättigen, rissen Tuch und Leinwand von den Wagen, um sich zuzudecken, und schliefen ein, statt ihren Weg fortzusetzen und während der Nacht die Beresina zu überschreiten, die ein unerhörtes Verhängnis der Armee schon so sehr hatte zum Verderben werden lassen.

Die Abstumpfung der armen Soldaten kann nur der verstehen, der sich erinnert, wie er durch diese ungeheuren Schneewüsten gezogen ist, ohne einen anderen Trunk als den Schnee, ohne ein anderes Bett als den Schnee, ohne eine andere Aussicht als auf einen Horizont von Schnee und ohne andere Nahrung als den Schnee oder ein paar erforene Runkeln, ein paar Handvoll Mehl und ein wenig Pferdefleisch. Halb tot vor Hunger und Durst, Ermattung und Schlafsucht, kamen diese Unglücklichen zu einem Ufer, an dem sie Holz, Feuer, Lebensmittel, unzählige aufgegebene Wagen, Biwake, kurz, eine ganze improvisierte Stadt vorfanden. Das Dorf Studjanka war völlig zerlegt, zerteilt und von den Höhen in die Ebene geschafft worden. So kläglich und verderblich diese Lagerstadt war, so zeigten doch ihr Elend und ihre Gefahren diesen Leuten noch ein freundliches Lächeln, denn sie sahen nichts als die schrecklichen Weiten Rußlands vor sich. Kurz, es war ein ungeheures Spital, das nicht mehr als zwanzig Stunden Dauer vor sich hatte. Lebensmüdigkeit oder ein Gefühl unerwarteten Wohlseins machte die Scharen jedem andern Gedanken als dem der Ruhe unzugänglich. Obgleich die Artillerie des linken russischen Flügels unablässig auf die Masse schoß, die sich wie ein großer bald schwarz zusammengedrängter, bald flackernder Fleck auf dem Schnee abzeichnete, schienen der erstarrten Menge die unermüdlichen Kugeln nicht mehr zu bedeuten als eben wiederum eine Unbequemlichkeit. Sie wirkten wie ein Gewitter, dessen Blitz, von aller Welt verachtet, hier und da nur Sterbende, Kranke oder vielleicht Tote treffen konnte. Unaufhörlich trafen die Nachzügler in Gruppen ein. Die wandelnden Leichen verteilten sich sofort und gingen von Feuer zu Feuer, um einen Platz zu erbetteln; und da sie meistens abgewiesen wurden, so fanden sie sich schließlich wieder zusammen, um die Gastfreundschaft, die man ihnen versagte, mit Gewalt zu erzwingen. Taub gegen die Stimmen der wenigen Offiziere, die ihnen für den folgenden Tag den Tod voraussagten, verschwendeten sie den Vorrat an Mut, der nötig gewesen wäre, um den Fluß zu überschreiten, darauf, sich für eine einzige Nacht ein Asyl zu bauen und sich eine oft verhängnisvolle Mahlzeit zu bereiten. Dieser Tod, der ihrer harrte, erschien ihnen nicht mehr als ein Übel, wenn er ihnen nur eine Schlummerstunde ließ. Den Namen des Übels gaben sie nur noch dem Hunger, dem Durst und der Kälte. Als kein Holz, kein Feuer, keine Leinwand, kein Dach mehr zu finden war, entspannen sich zwischen denen, die, aller Dinge bar, neu eintrafen, und den Reichen, die einen Unterschlupf besaßen, grauenhafte Kämpfe. Die Schwächeren erlagen. Schließlich kam ein Augenblick, wo ein paar Leute, vom Feinde gejagt, nur noch den Schnee als Lager fanden; und sie legten sich nieder, um nicht wieder aufzustehen. Unmerklich wurde die Masse fast vernichteter Wesen so kompakt, so taub, so stumpf, oder vielleicht so glücklich, daß der Marschall Viktor, der sie heroisch verteidigt hatte, indem er zwanzigtausend Russen unter dem Befehl Wittgensteins Widerstand leistete, gezwungen war, sich mit der Waffe durch diesen Menschenwald Bahn zu schaffen, damit die fünftausend Helden, die er dem Kaiser zuführte, die Beresina überschreiten konnten. Die Unglücklichen ließen sich eher zerstampfen, als daß sie sich rührten; schweigend kamen sie um, an ihren erloschenen Feuern lächelnd, ohne an Frankreich zu denken. Erst um zehn Uhr abends war der Herzog von Belluno[2] auf der anderen Seite des Flusses. Ehe er die Brücken betrat, die nach Zembin führten, vertraute er Eblé, jenem Retter all derer, die das Unheil der Beresina überlebten, das Schicksal der Nachhut von Studjanka an. Etwa gegen Mitternacht verließ dieser große General, begleitet von einem mutigen Offizier, die kleine Hütte in der Nähe der Brücke, die er inne hatte, und er begann das Schauspiel zu betrachten, das jenes Lager zwischen der Beresina und der Straße von Borissow nach Studjanka darbot. Die russischen Kanonen hatten ihren Donner eingestellt; zahllose Feuer, die mitten in diesen Schneemengen erblaßten und kein Licht zu werfen schienen, beleuchteten hier und da Gestalten, die nichts Menschliches mehr hatten. Da lagen etwa dreißigtausend Unglückliche all der Nationen, die Napoleon nach Rußland geworfen hatte, und verspielten mit brutaler Gleichgültigkeit ihr Leben.

»Laß uns all das retten«, sagte der General zu dem Offizier; »morgen früh werden die Russen in Studjanka stehen. Wir müssen in dem Augenblick, in dem sie kommen, die Brücke abbrennen. Also Mut, mein Freund! Brich dir bis zur Höhe Bahn; sag dem General Fournier, daß er kaum Zeit hat, seine Stellung zu räumen und all diese Leute zu durchbrechen, um die Brücke zu überschreiten. Wenn du siehst, daß er sich auf den Weg gemacht hat, so folge ihm. Von ein paar kräftigen Leuten unterstützt, verbrennst du dann erbarmungslos die Biwake, die Wagen, die Fuhrwerke, alles! Jage diese Leute auf die Brücke! Zwinge, was noch zwei Beine hat, sich aufs andere Ufer zu flüchten. Der Brand ist jetzt unser letztes Hilfsmittel. Hätte Berthier mir gleich erlaubt, diesen verdammten Train zu verbrennen, so hätte der Fluß niemanden verschlungen als meine armen Pontoniere, die fünfzig Helden, die das Heer gerettet haben und die man vergessen wird!«

Der General hob die Hand an die Stirn und verstummte; er fühlte, daß Polen sein Grab werden und daß sich keine Stimme zugunsten dieser heldenhaften Leute erheben würde, die sich im Wasser aufrecht gehalten hatten, im Wasser der Beresina, um die Brückenstützen einzurammen. Ein einziger von ihnen lebt noch, oder genauer,

---

[2] Claude Perrin, genannt Viktor, Herzog von Belluno, französischer Marschall.

er duldet unbekannt in einem Dorf. Der Adjutant brach auf. Kaum hatte der großherzige Offizier hundert Schritte. auf Studjanka zu gemacht, so weckte der General Eblé mehrere seiner leidenden Pontoniere und begann sein Werk der Barmherzigkeit, indem er die bei der Brücke errichteten Biwake verbrannte und die Schläfer, die dort lagen, auf diese Weise zwang, die Beresina zu überschreiten. Der junge Adjutant war inzwischen nicht ohne Mühe bei dem einzigen Holzhaus angelangt, das in Studjanka noch aufrecht stand.

»Diese Baracke ist wohl recht voll, Kamerad?« fragte er einen Menschen, den er draußen bemerkte. »Wenn Sie eindringen, sind Sie ein tüchtiger Krieger«, erwiderte der Offizier, ohne sich umzudrehen; er demolierte, ohne sich zu unterbrechen, das Holz des Hauses mit dem Säbel. »Sind Sie es, Philipp?« fragte der Adjutant, da er am Klang der Stimme einen seiner Freunde erkannte. »Ja ... Aha, du, mein Alter«, erwiderte Herr von Sucy, indem er den Adjutanten ansah, der wie er selbst erst dreiundzwanzig Jahre alt war. »Ich glaubte, du wärst auf der andern Seite dieses verwünschten Flusses. Bringst du uns Kuchen und Süßigkeiten zum Dessert? Du sollst gut aufgenommen werden«, fügte er hinzu, indem er die Rinde des Holzes vollends lockerte, die er seinem Pferd statt des Futters gab. »Ich suche euren Kommandanten, um ihm vom General Eblé den Befehl zu überbringen, daß er auf Zembin abziehen soll. Ihr habt kaum noch Zeit, diese Leichenmasse zu durchbrechen, die ich gleich anzünden will, um sie auf die Beine zu bringen ...« »Du wärmst mich beinahe! Ich schwitze bei deiner Nachricht. Ich habe zwei Freunde zu retten! Ach, ohne diese beiden Murmeltiere, mein Alter, wäre ich schon tot! Um ihretwillen pflege ich meinen Gaul; sonst würde ich ihn essen. Sag, bitte, hast du nicht eine Kruste? Ich habe mir schon seit dreißig Stunden nichts mehr in den Schlund gesteckt, und ich habe mich wie ein Rasender geschlagen, um mir das bißchen Wärme und Mut zu bewahren, das mir noch bleibt.« »Armer Philipp, nichts! nichts! – Aber euer General ist da drinnen?« »Versuche nicht, hineinzukommen. In dieser Scheune sind unsere Verwundeten. Steig höher hinauf: da wirst du rechts eine Art Schweineschuppen finden, in dem ist der General! Adieu, mein Wackerer. Wenn wir je wieder auf einem Pariser Parkett Quadrille tanzen ...«

Er vollendete seinen Satz nicht; der Nordwind pfiff in diesem Augenblick mit einer solchen Gewalt, daß der Adjutant ausschritt, um nicht zu erfrieren, während dem Major Philipp die Lippen erstarrten. Bald herrschte wieder Stille; sie wurde nur von dem Stöhnen, das aus dem Hause drang, und von dem dumpfen Geräusch unterbrochen, das Herrn von Sucys Pferd machte, als es vor Hunger und Wut die gefrorene Rinde der Bäume fraß, aus denen das Haus errichtet war. Der Major stieß den Säbel in die Scheide zurück, griff plötzlich nach dem Zügel des kostbaren Tieres, das er hatte retten können, und entriß es trotz seinem Widerstand dem elenden Fraß, auf den es lecker zu sein schien. »Vorwärts, Bichette, vorwärts! Nur du, meine Schöne, kannst Stephanie retten. Komm, nachher werden wir uns ausruhen und wahrscheinlich sterben dürfen.«

In einen Pelz gehüllt, dem er seine Rettung und seine Energie verdankte, begann er zu laufen, indem er mit den Füßen auf den gehärteten Schnee stampfte, um sich warm zu erhalten. Kaum aber hatte der Major fünfhundert Schritte getan, so sah er dort, wo er am Morgen unter der Obhut eines alten Soldaten seinen Wagen verlassen hatte, ein großes Feuer. Eine grauenhafte Unruhe bemächtigte sich seiner. Wie alle, die während dieser Flucht von einer kräftigen Empfindung beherrscht wurden, fand er, um seinen Freunden Hilfe zu bringen, Kräfte, die er für die eigene Rettung nicht aufgetrieben hätte. Bald stand er nur noch wenige Schritte vor einer Falte im Gelände, in der er eine junge Frau, seine Kindheitsgefährtin und seinen teuersten Besitz, untergebracht hatte, um sie vor den Kugeln zu schützen.

Wenige Schritte vor dem Wagen hatten sich etwa dreißig Nachzügler um ein ungeheures Feuer vereinigt, das sie unterhielten, indem sie Bretter, Wagenkästen, Räder und Wände hineinwarfen. Diese Soldaten waren ohne Zweifel die letzten all der Ankömmlinge, die von der breiten Geländefurche unterhalb Studjankas an bis zu dem verhängnisvollen Fluß gleichsam ein Meer von Köpfen, Feuern und Baracken bildeten, ein lebendiges Meer, das von fast unmerklichen Bewegungen schwoll und aus dem ein dumpfes Brausen heraufklang, das bisweilen von schrecklichem Krachen durchbrochen wurde. Von Hunger und Verzweiflung getrieben, hatten diese Unglücklichen den Wagen wahrscheinlich gewaltsam durchsucht. Der alte General und die junge Frau, die sie dort auf

Lumpen liegend fanden, eingehüllt in Mäntel und Pelze, lagen nun frierend vor dem Feuer. Die eine Tür des Wagens war zerbrochen.

Sowie die Leute, die um das Feuer lagen, die Schritte des Pferdes und des Majors vernahmen, erhob sich unter ihnen ein Wutschrei, den der Hunger ihnen eingab. »Ein Pferd! Ein Pferd!« Die Stimmen verschmolzen zu einer einzigen Stimme. »Zurück! Achtung!« riefen zwei oder drei Soldaten, indem sie das Pferd aufs Korn nahmen. Philipp sprang vor seine Stute und sagte: »Halunken! Ich werde euch in euer Feuer stürzen. Da oben liegen tote Pferde, holt euch die!« »Ist das ein Hanswurst, dieser Offizier! – Eins, zwei, gehst du weg?« fragte ein kolossaler Grenadier. »Nein? Schön, wie du willst.« Ein Frauenschrei übertönte den Knall. Philipp wurde zum Glück nicht getroffen; aber Bichette, die gestürzt war, rang mit dem Tode. Drei Mann sprangen hinzu und töteten sie vollends mit den Bajonetten. »Kannibalen! Laßt mir wenigstens die Decke und meine Pistolen«, sagte Philipp voll Verzweiflung. »Die Pistolen ... gut«, erwiderte der Grenadier. »Die Decke... da liegt ein Infanterist, der seit zwei Tagen nichts mehr im Schlund gehabt hat und der in seiner elenden Jacke zittert: das ist unser General...«

Philipp schwieg, als er einen Mann sah, dessen Schuhwerk durchgetreten, dessen Hose an zehn Stellen durchlöchert war und der auf dem Kopfe nur eine elende reifbedeckte Mütze trug. Er beeilte sich, seine Pistolen an sich zu nehmen. Fünf Leute zogen die Stute zum Feuer und begann sie so geschickt zu zerlegen, wie Pariser Schlächterburschen es nur je hätten tun können. Die Stücke waren wie durch ein Wunder abgeschnitten und wurden auf die Glut geworfen. Der Major setzte sich neben die Frau, die den Schreckensschrei ausgestoßen hatte, als sie ihn erkannte. Er fand sie reglos; sie saß auf einem Wagenkissen und wärmte sich. Sie sah ihn schweigend an, ohne ihm zuzulächeln. Da bemerkte Philipp neben sich den Soldaten, dem er die Verteidigung des Wagens anvertraut hatte; der Arme war verwundet. Von der Überzahl überwältigt, hatte er vor den Nachzüglern weichen müssen, als sie ihn angriffen; aber wie der Hund, der die Mahlzeit seines Herrn bis zum letzten Augenblick verteidigt hat, hatte er seinen Anteil an der Beute genommen: er hatte sich ein weißes Tuch als Mantel umgeschlungen. Im Augenblick beschäftigte er sich damit, ein Stück von der Stute hin und her zu drehen, und der Major sah auf seinem Gesicht, mit welcher Freude er sein Festmahl rüstete. Der Graf von Vandières, der seit drei Tagen gleichsam der Kindheit verfallen war, ruhte dicht bei seiner Frau auf einem Kissen und blickte mit reglosen Augen in diese Flammen, deren Wärme seine Erstarrung zu überwinden begann. Ihn hatten die Gefahr und die Ankunft Philipps so wenig erregt wie der Kampf, nachdem sein Wagen geplündert worden war.

Sucy griff zunächst nach der Hand der jungen Gräfin, als wollte er ihr ein Liebeszeichen geben oder ihr sagen, welchen Schmerz er empfände, da er sie so im äußersten Elend sah; aber er verharrte neben ihr im Schweigen. Er saß auf einem Schneehaufen, der im Schmelzen zerrann; und auch er gab sich dem Glück hin, sich wärmen zu können; er vergaß die Gefahr, er vergaß alles. Sein Gesicht nahm, ihm selber zum Trotz, den Ausdruck einer fast stumpfsinnigen Freude an, und er wartete ungeduldig darauf, daß der Fetzen der Stute, den man seinem Soldaten gegeben hatte, gar wäre. Der Geruch des verkohlten Fleisches reizte seinen Hunger noch; sein Hunger brachte Herz, Mut und Liebe zum Schweigen. Ohne Zorn sah er die Ergebnisse der Plünderung seines Wagens. All die Leute, die rings um das Feuer lagen, hatten sich in die Decken, die Kissen, die Pelze, die Röcke, die Männer- und Frauenkleider geteilt, die dem Grafen, der Gräfin und dem Major gehörten. Philipp drehte sich um, um zu sehen, ob er noch etwas aus dem Wagenkasten retten könnte. Beim Licht der Flammen sah er das Gold, die Diamanten, das Silber; es lag umher, ohne daß jemand daran dachte, sich das geringste davon anzueignen. All diese vom Zufall um das Feuer versammelten Einzelwesen bewahrten ein Schweigen, das etwas Grauenhaftes hatte; und sie taten nichts, als was sie zu ihrem Wohlsein für nötig hielten. Das Elend war grotesk. Die von der Kälte verzerrten Gesichter waren mit einer Schmutzschicht überzogen, in die die Tränen von den Augen an bis zum untern Rande der Backen eine Furche schnitten, die für die Dicke dieser Maske zeugte. Die langen, unsauberen Bärte machten die Soldaten noch scheußlicher. Die einen waren in Frauenschals gehüllt, die andern trugen Pferdeschabracken, kotige Decken, Lumpen voll schmelzenden Reifs. Einige trugen am einen Fuß einen Stiefel, am andern einen Schuh; kurz, es war kein einziger vorhanden, dessen Kostüm nicht eine lächerliche Besonderheit aufwies. Trotz solchen die Heiterkeit anregenden Dingen blieben diese Menschen ernst und finster. Das Schweigen wurde nur durch das Knistern des Holzes unterbrochen, durch das Zischen der Flamme, das ferne Summen des Lagers und die Säbelhiebe, die die Hungrigsten gegen Bichette führten, um die besten Stücke abzureißen. Ein paar Unglückliche, die noch müder waren als die andern, schliefen; und wenn einer von ihnen ins Feuer rollte, so holte ihn niemand heraus. Diese strengen Logiker dachten, wenn er nicht tot sei, so werde ihn die Brandwunde schon veranlassen, sich an einen bequemeren Ort zu begeben. Erwachte der Unglückliche im Feuer und kam er darin um, so beklagte ihn niemand. Ein paar Soldaten sahen sich an, als wollten sie ihre eigene Ungerührtheit durch die Gleichgültigkeit der andern rechtfertigen. Die junge Gräfin sah zweimal ein solches Schauspiel und blieb stumm. Als die verschiedenen Stücke, die man ins Feuer gelegt hatte, gar waren, stillten alle ihren Hunger mit jener Gier, die uns bei den Tieren ekelhaft erscheint.

»Das ist das erste Mal, daß dreißig Infanteristen auf einen Gaul kommen!« rief der Grenadier, der die Stute niedergestreckt hatte. Es war der einzige Scherz, der auf den Geist der Nation schließen ließ.

Bald rollten sich die meisten dieser armen Soldaten in ihre Kleider ein, legten sich auf Bretter, auf alles, was sie vor der Berührung mit dem Schnee bewahren konnte, und schliefen ein, ohne sich um ein Morgen zu kümmern. Als der Major sich gewärmt und seinen Hunger gestillt hatte, machte ihm ein unwiderstehliches Schlafbedürfnis die Lider schwer. Während der kurzen Zeit, in der er noch gegen den Schlummer ankämpfte, betrachtete er die junge Frau, die sich mit dem Gesicht zum Feuer gewandt hatte, um zu schlafen, und die ihre geschlossenen Augen und einen Teil ihrer Stirn zeigte. Sie war in einen gefütterten Pelz und einen dicken Dragonermantel gehüllt; ihr Kopf ruhte auf einem blutbefleckten Kopfkissen; ihre Astrachanmütze, die durch ein unter dem Kinn geknotetes Taschentuch festgehalten wurde, schützte ihr Gesicht, soweit es möglich war, vor der Kälte; die Füße hatte sie in den Mantel hineingezogen. So in sich hineingerollt, glich sie tatsächlich einem Nichts. War sie die letzte der Marketenderinnen? War sie die reizende Frau, der Ruhm eines Geliebten, die Königin Pariser Bälle? Ach, selbst das Auge ihres ergebensten Freundes sah nichts Weibliches mehr in diesem Haufen von Wäsche und Lumpen. Durch die dichten

Schleier, die die unwiderstehlichste Schlaftrunkenheit vor den Augen des Majors ausspannte, sah er den Mann und die Frau nur noch wie zwei Punkte. Die Flammen des Feuers, die hingestreckten Gestalten, die furchtbare Kälte, die kaum drei Schritte hinter einer vorübergehenden Hitze ihr heulendes Sausen vernehmen ließ, alles war ein Traum. Ein Gedanke drängte sich Philipp auf, der ihn erschreckte: ›Wir müssen alle sterben, wenn ich einschlafe! Ich will nicht einschlafen!‹ sagte er sich. Er schlief dennoch ein. Als er eine Stunde geschlummert hatte, wurde Herr de Sucy von einem furchtbaren Lärm und einer Explosion geweckt. Das Gefühl seiner Pflicht, die Gefahr seiner Freundin fielen ihm aufs Herz. Er stieß einen Schrei aus, der einem Brüllen glich. Nur er und sein Soldat standen noch. Sie sahen ein Feuermeer, das vor ihnen aus dem Dunkel der Nacht ein Menschengewirr hervorhob, während es die Hütten und Biwake verzehrte; sie hörten Verzweiflungsschreie und Gebrüll; sie sahen Tausende mit trostlosen Zügen und mit wütenden Gesichtern. Mitten durch diese Hölle bahnte sich eine Soldatenkolonne zwischen zwei Leichenwällen einen Weg zur Brücke hinunter. »Das ist der Rückzug unserer Nachhut«, rief der Major; »keine Hoffnung mehr!« »Ich habe Ihren Wagen verschont, Philipp«, sagte eine befreundete Stimme. Sucy wandte sich um und erkannte beim Licht der Flammen den jungen Adjutanten. »Ach, es ist alles verloren«, erwiderte der Major; »sie haben mein Pferd geschlachtet ... Wie sollte ich übrigens diesen stumpfsinnigen General und seine Frau auf die Beine bringen?« »Nehmen Sie ein glühendes Scheit, Philipp, und drohen Sie ihnen!« »Der Gräfin drohen?« »Leben Sie wohl!« rief der Adjutant; »ich habe nur gerade noch Zeit, über diesen verhängnisvollen Fluß zu fliehen; ich muß es: ich habe in Frankreich eine Mutter! ... Was für eine Nacht! Diese Menge will lieber auf dem Schnee bleiben, und die meisten dieser Unglücklichen lassen sich eher verbrennen, als daß sie aufstehen ... Es ist vier Uhr, Philipp! In zwei Stunden beginnen die Russen sich zu regen. Ich versichere Ihnen, Sie werden die Beresina noch einmal mit Leichen angefüllt sehen. Philipp, denken Sie an sich! Sie haben keine Pferde, Sie können die Gräfin nicht tragen; also vorwärts, kommen Sie mit!« sagte er, indem er ihn am Arm nahm. – »Mein Freund, Stephanie verlassen ...!«

Der Major ergriff die Gräfin, stellte sie aufrecht hin, schüttelte sie mit der Rauheit eines Verzweifelten und zwang sie, zu erwachen. Sie sah ihn mit starren und glanzlosen Augen an. »Sie müssen gehen, Stephanie, oder wir sterben hier!« Statt aller Antwort versuchte die Gräfin, sich niedergleiten zu lassen, um weiterzuschlafen. Der Adjutant ergriff einen Brand und schwang ihn vor Stephanies Gesicht.

»Wir müssen sie auch gegen ihren Willen retten!« rief Philipp, indem er die Gräfin aufhob und in den Wagen trug. Als er zurückkehrte, flehte er seinen Freund um Beistand an. Sie ergriffen gemeinsam den alten General, ohne zu wissen, ob er lebte oder tot war, und legten ihn neben seine Frau. Der Major wälzte mit dem Fuß ein paar der Leute herum, die am Boden lagen, nahm ihnen, was sie geraubt hatten, warf all die Lumpen über die Gatten und legte ein paar Fetzen seiner Stute in einen Winkel des Wagens.

»Was wollen Sie beginnen?« fragte der Adjutant. »Sie ziehen!« erwiderte der Major. »Sie sind wahnsinnig!« »Allerdings!« rief Philipp, indem er die Arme über der Brust kreuzte. Er schien plötzlich von einem verzweifelten Gedanken erfaßt zu sein. »Du,« sagte er, indem er nach dem gesunden Arm seines Soldaten griff, »dir vertraue ich sie auf eine Stunde an! Bedenke, daß du eher sterben mußt als irgend jemanden an diesen Wagen heranlassen.« Der Major raffte die Diamanten der Gräfin auf, nahm sie in die eine Hand, zog mit der andern den Säbel und begann wütend auf diejenigen Schläfer einzuschlagen, die er für die Mutigsten hielt. Es gelang ihm, den riesigen Grenadier und noch zwei Leute zu wecken, deren Rang zu erkennen unmöglich war. »Wir sind geliefert!« sagte er zu ihnen. »Ich weiß«, erwiderte der Grenadier; »aber das ist mir gleich.« »Nun, ein Tod für den andern; ist es da nicht besser, sein Leben für eine hübsche Frau zu verkaufen und sich die Möglichkeit zu schaffen, daß man Frankreich noch einmal wiedersieht?« »Ich will lieber schlafen«, sagte einer der Leute, indem er sich in den Schnee rollen ließ; »wenn du mich noch einmal störst, Major, so bohre ich dir mein Seitengewehr in den Bauch.« »Um was handelt es sich, Herr Major?« fragte der Grenadier; »dieser Mensch ist betrunken! Er ist ein Pariser; die lieben die Behaglichkeit.« »Dies soll dein sein, wackerer Grenadier,« rief der Major, indem er ihm ein Diamantenhalsband hinhielt, »wenn du mir folgen und dich wie ein Rasender schlagen willst. Die Russen stehen zehn Minuten von hier, sie haben Pferde; wir wollen auf ihre erste Batterie zugehen und uns zwei Gäule holen.« »Aber die Vorposten, Herr Major?« »Einer von uns dreien ...«, sagte er zu dem Soldaten; dann unterbrach er sich und sah den Adjutanten an: »Sie kommen mit, Hippolyt, nicht wahr?« Hippolyt bejahte durch eine Neigung des Kopfes. »Einer von uns«, fuhr der Major fort, »nimmt den Posten auf sich. Übrigens schlafen sie vielleicht auch, die Russen ...« »Komm, Major, du bist ein wackerer Kerl! Aber du nimmst mich in deine Chaise?« sagte der Grenadier. »Ja, wenn du nicht da oben deine Haut läßt. Wenn ich umkomme, Hippolyt und du, Grenadier,« sagte der Major, indem er sich an seine beiden Gefährten wandte, »versprecht ihr mir da, euch der Rettung der Gräfin zu widmen?« »Abgemacht«, sagte der Grenadier.

Sie gingen auf die russischen Linien zu, auf die Batterien, die die Masse der Elenden am Ufer des Flusses so grausam zerschmettert hatten. Wenige Augenblicke nach ihrem Aufbruch hallte der Galopp zweier Pferde auf dem Schnee wider, und die erwachte Batterie schickte Salven aus, die den Schläfern über die Köpfe flogen; der Lauf der Pferde war so schnell, daß man das Geräusch für das der Schmiede hätte halten können, die ein Eisen hämmern. Der großherzige Adjutant war gefallen ... Der athletische Grenadier war munter und wohlbehalten. Philipp hatte, als er seinen Freund verteidigte, einen Bajonettstich in die Schulter bekommen; nichtsdestoweniger klammerte er sich an die Mähne des Pferdes und klemmte es so kräftig zwischen seinen Schenkeln ein, daß das Tier wie in einem Schraubstock gefangen war.

»Gott sei gelobt!« rief der Major, als er seinen Soldaten dastehen und den Wagen noch an derselben Stelle sah. »Wenn Sie gerecht sind, Herr Major, so müssen Sie mir das Kreuz verschaffen. Wir haben doch hübsch Schießgewehr und Säbel gespielt, wie?« »Wir haben noch nichts vollbracht! Spann die Gäule an; hier, nimm die Stricke.« »Die reichen nicht.« »Nun, Grenadier, legen Sie Hand da an die Schläfer und nehmen Sie ihre Schals, ihre Wäsche ...« »Hallo, der da ist tot, der Possenreißer!« rief der Grenadier, indem er den ersten plünderte, der ihm zwischen die Hände kam. »Ah, ist das eine Posse, die hier sind tot!« »Alle?« »Ja, alle! Es scheint, der Gaul ist unverdaulich, wenn man ihn zum Schnee ißt.«

Bei diesen Worten erzitterte Philipp. Die Kälte war noch stärker geworden. »Gott, eine Frau zu verlieren, die ich schon zwanzigmal gerettet habe!« Der Major schüttelte die Gräfin und rief: »Stephanie! Stephanie!« Die junge Frau schlug die Augen auf. »Gnädige Frau, wir sind gerettet!« »Gerettet!« wiederholte sie und sank zurück.

Die Pferde wurden, so gut es eben ging, angespannt; der Major nahm den Säbel in die gesunde Hand, behielt die Zügel in der andern und stieg, mit den Pistolen bewaffnet, auf eins der Pferde, der Grenadier auf das andere. Den alten Soldaten, dem die Füße erfroren waren, hatte man quer in den Wagen geworfen, über den General und die Gräfin. Die Pferde wurden mit Säbelhieben angetrieben und rissen den Wagen mit einer Art Wut in die Ebene hinunter, wo den Major unzählige Schwierigkeiten erwarteten. Bald wurde es unmöglich, vorzudringen, ohne daß man schlafende Männer, Frauen, ja Kinder zermalmte, die sich alle weigerten, aufzustehen, als der Grenadier sie weckte. Vergebens suchte Herr von Sucy den Weg, den sich noch eben die Nachhut durch diese Menschenmasse gebahnt hatte; er war verschwunden, wie die Furche des Schiffs auf dem Meer verschwindet. Der Wagen kam nur im Schritt weiter; unablässig wurde er angehalten von den Soldaten, die die Pferde zu töten drohten.

»Wollen Sie durch?« fragte der Grenadier. »Um den Preis meines Blutes! Ja, um den Preis der ganzen Welt!« erwiderte der Major. »Los! Man kann keine Omelette machen, ohne Eier zu zerbrechen.«

Und der Gardegrenadier jagte die Pferde auf die Menschen, so daß die Räder blutig wurden; er legte die Biwake nieder und zog eine doppelte Totenspur über dieses Kopffeld. Aber wir wollen gerecht sein und hinzufügen, daß er nie unterließ, mit Donnerstimme zu rufen: »Achtung, ihr Luder!« »Die Unglücklichen!« rief der Major. »Bah, so oder durch die Kälte, so oder durch die Kanone!« sagte der Grenadier, indem er die Tiere antrieb und mit der Spitze seines Seitengewehres spornte.

Eine Katastrophe, die ihnen schon eher hätte zustoßen müssen und vor der sie bisher ein wunderbarer Zufall bewahrt hatte, hielt sie plötzlich in ihrer Fahrt auf: der Wagen schlug um. »Das hatte ich mir gedacht!« rief der unerschütterliche Grenadier. »Oho! der Kamerad ist tot.« »Der arme Laurent!« sagte der Major. »Laurent!

Stand der nicht bei den fünften Jägern?« »Ja.« »Dann ist er mein Vetter ... Bah, es lohnt sich nicht, das Hundeleben, das man in diesen Zeiten führt, zu betrauern.« Der Wagen ließ sich nicht wieder aufrichten, die Pferde ließen sich nicht ausspannen, ohne daß man unendlich viel unwiederbringliche Zeit verlor. Der Stoß war so heftig gewesen, daß die junge Gräfin, die die Erschütterung geweckt und ihrer Starrheit entrissen hatte, sich aus ihren Decken löste und aufstand.

»Philipp, wo sind wir?« rief sie mit sanfter Stimme, indem sie sich umsah. »Fünfhundert Schritte vor der Brücke. Wir wollen die Beresina überschreiten. Auf der andern Seite des Flusses, Stephanie, werde ich Sie nicht mehr quälen; dann lasse ich Sie schlafen. Da sind wir in Sicherheit; wir erreichen Wilna in aller Ruhe. Gebe Gott, daß Sie nie erfahren, was Ihr Leben gekostet hat!« »Du bist verwundet?« »Das ist nichts.«

Die Stunde der Katastrophe war gekommen; die Kanonen der Russen verkündeten den Tag. Nachdem sie sich Studjankas bemächtigt hatten, beschossen sie die Ebene; und beim ersten Licht des Morgens sah der Major, wie sich auf den Höhen ihre Kolonnen bewegten und aufstellten. Ein Schreckensschrei brach aus dem Schoß der Menge hervor; sie war im Augenblick auf den Füßen. Instinktiv begriffen alle die Gefahr und drängten mit der Bewegung einer Welle zur Brücke hin. Die Russen kamen mit der Geschwindigkeit eines Brandes heran. Männer, Frauen, Kinder, Tiere, alles drängte zur Brücke. Zum Glück waren der Major und die Gräfin noch ziemlich weit vom Fluß entfernt. Der General Eblé hatte eben an die Gerüste des andern Ufers Feuer gelegt. Trotz der all jenen erteilten Warnungen, die diese Planke der Rettung betraten, wollte niemand zurückweichen. Nicht nur brach die Brücke zusammen unter dieser Last von Menschen, sondern der Druck der Menschenflut, die auf diese verhängnisvolle Böschung zugedrängt wurde, war so groß, daß eine menschliche Masse auch noch wie eine Lawine ins Wasser gejagt wurde. Man vernahm keinen Schrei, sondern nur etwas wie den dumpfen Lärm eines ungeheuren Steins, der ins Wasser fällt; dann war die Beresina mit Leichen bedeckt. Die Rückwärtsbewegung derer, die wieder in die Ebene drängten, um diesem Tode zu entgehen, war so heftig, und der Zusammenprall mit denen, die noch vorwärts schritten, so furchtbar, daß eine große

Zahl von Menschen erdrückt wurde. Der Graf und die Gräfin von Vandières verdankten ihr Leben dem Wagen. Die Pferde kamen um, nachdem sie eine Masse von Sterbenden zermalmt und zerstampft hatten, selbst zerstampft und zertreten unter den Füßen einer menschlichen Trombe, die über das Ufer hinstrich. Der Major und der Grenadier fanden Rettung in ihrer Kraft: sie töteten, um nicht getötet zu werden. Dieser Wirbelwind menschlicher Gesichter, diese Flut und Ebbe von Leibern, die die gleiche Bewegung belebte, hatten zur Folge, daß das Ufer der Beresina einige Augenblicke lang leer blieb. Die Menge hatte sich in die Ebene zurückgeworfen. Wenn sich noch einige Menschen oben von der Böschung in den Fluß warfen, so geschah es weniger in der Hoffnung, das andere Ufer zu erreichen, das für sie Frankreich bedeutete, als vielmehr, um den sibirischen Wüsten zu entgehen. Die Verzweiflung wurde für einzelne Leute zum Rettungsmittel. Ein Offizier sprang von Eisscholle zu Eisscholle bis zum andern Ufer; ein Soldat kroch wie durch ein Wunder über einen aus Leichen und Eisschollen gebildeten Haufen. Diese ungeheure Volksmenge begriff schließlich, daß die Russen nicht zwanzigtausend erstarrte, stumpfsinnige, waffenlose Menschen töten würden, die sich nicht einmal verteidigten; und nun warteten alle in furchtbarer Ergebenheit ihr Schicksal ab. Der Major und sein Grenadier, der alte General und seine Frau blieben wenige Schritte von der Stelle zurück, wo die Brücke gewesen war. Alle vier standen sie schweigend, mit trockenen Augen, umringt von einer Totenmasse, aufrecht da. Ein paar noch ungeschwächte Soldaten, einige Offiziere, denen die Umstände ihre ganze Energie zurückgaben, umringten sie. Die ziemlich zahlreiche Gruppe zählte etwa fünfzig Menschen. In einer Entfernung von zweihundert Schritten bemerkte der Major die Trümmer der für die Wagen erbauten Brücke, die am vorletzten Tage zusammengebrochen war. »Laßt uns ein Floß bauen!« rief er.

Kaum hatte er dies Wort fallen lassen, so eilte die ganze Gruppe auf die Trümmer zu. Eine Menge von Menschen begann eiserne Klammern eiligst zusammenzuraffen, Holzbretter, Stricke, kurz, alles für den Bau eines Floßes nötige Material zu suchen. Etwa zwanzig Soldaten und bewaffnete Offiziere bildeten eine Wache, die der Major befehligte und die die Arbeitenden verteidigen sollte gegen verzweifelte Angriffe, die etwa die Masse unternehmen mochte, wenn sie ihre Absicht erriet. Das Gefühl der Freiheit, das Gefangene belebt und sie Wunder verrichten läßt, läßt sich nicht mit dem Gefühl vergleichen, das in diesem Augenblick die unglücklichen Franzosen zum Handeln trieb. »Da kommen die Russen! Da kommen die Russen!« riefen die Verteidiger den Arbeitenden zu.

Und das Holz gab schrille Laute von sich, die Schwimmfläche wuchs in Breite, Höhe, Tiefe. Generale, Obersten, Soldaten, alle bogen sich unter der Last der Räder, der Eisen, der Stricke, der Bretter; es war ein wirkliches Bild vom Bau der Arche Noah. Die junge Gräfin, die neben ihrem Gatten saß, sah dem Schauspiel zu und bedauerte, daß sie in keiner Weise bei der Arbeit helfen konnte; und dennoch half sie, Knoten zu schlingen, um die Vertauung fester zu machen. Endlich war das Floß fertig. Vierzig Mann ließen es ins Wasser gleiten, während etwa zehn Soldaten die Stricke faßten, die dazu dienen sollten, es an der Böschung festzuhalten. Kaum sahen die Zimmerleute ihr Fahrzeug auf der Beresina schwimmen, so stürzten sie sich mit furchtbarem Egoismus vom Ufer herab. Der Major, der die Wut dieser ersten Regung fürchtete, hielt Stephanie und den General an der Hand; aber er zitterte, als er das Fahrzeug schwarz voll Menschen sah, die sich darauf drängten wie die Zuschauer im Parterre eines Theaters.

»Ihr Barbaren,« rief er, »ich habe euch den Gedanken an das Floß eingegeben, ich bin euer Retter, und ihr verweigert mir einen Platz!« Ein wirres Brummen diente als Antwort. Die Leute, die am Rande des Floßes standen und mit Stöcken versehen waren, die sie auf die Böschung stützen, schoben das Floß gewaltsam hinaus, um es durch die Eisschollen und Leichen hin zum andern Ufer zu stoßen. »Hölle und Teufel! Ich jage euch ins Wasser, wenn ihr den Major und seine beiden Gefährten nicht aufnehmt«, rief der Grenadier, der seinen Säbel hob und die Abfahrt hinderte, indem er trotz furchtbarer Schreie die Reihen zusammendrängte. »Ich falle ... ich falle!« riefen seine Genossen. »Los! Vorwärts!«

Der Major blickte mit trockenem Auge auf seine Geliebte, die in einer Regung erhabener Resignation die Blicke gen Himmel hob. »Mit dir sterben!« sagte sie. Die Situation der Leute auf dem Floß hatte etwas Komisches. Obgleich sie ein fürchterliches Gebrüll ausstießen, wagte doch niemand, sich dem Grenadier zu widersetzen, denn sie standen so eng, daß es genügt hätte, einer einzigen Person einen Stoß zu versehen, um alles umzuwerfen. In dieser Gefahr versuchte ein Hauptmann, sich von dem Soldaten zu befreien; der aber bemerkte die feindliche Bewegung, ergriff den Offizier und stürzte ihn ins Wasser, indem er sagte: »Aha, du Ente! Trinken willst du? ... So! Jetzt haben wir zwei Plätze!« rief er. »Kommen Sie, Major, werfen Sie uns Ihre kleine Frau herüber, und kommen Sie! Lassen Sie diesen alten Knasterbart, der morgen doch verendet!« »Eilen!« rief eine Stimme, die aus hundert Kehlen kam. »Vorwärts, Major! Sie knurren, die andern, und sie haben recht!«

Der Graf von Vandières entledigte sich seiner Lumpen und zeigte sich aufrecht in seiner Generaluniform. »Retten wir den Grafen!« sagte Philipp. Stephanie drückte ihrem Freund die Hand, warf sich auf ihn und umschlang ihn in einer grauenvollen Umarmung. »Leb wohl!« sagte sie.

Sie hatten sich verstanden. Der Graf von Vandières fand seine Kräfte und seine Geistesgegenwart wieder, als es galt, auf das Fahrzeug zu springen; Stephanie folgte ihm nach einem letzten Blick auf Philipp. »Major, wollen Sie meinen Platz? Ich mache mir nichts aus dem Leben«, rief der Grenadier; »ich habe weder Frau noch Kind noch Mutter ...« »Ich vertraue sie dir an«, rief der Major, indem er auf den Grafen und seine Frau zeigte. »Unbesorgt, ich werde sie behüten wie mein Auge.«

Das Floß wurde mit solcher Gewalt auf das gegenüberliegende Ufer zugestoßen, daß bei der Erschütterung, mit der es ans Land stieß, alles wankte. Der Graf, der ganz am Rande stand, stürzte ins Wasser. In dem Augenblick, als er hineinfiel, schnitt ihm eine Eisscholle den Kopf ab, der wie eine Kanonenkugel weithin flog. »He, Major!« schrie der Grenadier dem zurückgebliebenen Philipp zu. »Leb wohl!« rief eine Frauenstimme.

Philipp von Sucy brach zusammen, erstarrt vor Grauen, überwältigt von der Kälte, dem Schmerz und der Ermattung.

»Meine arme Nichte war wahnsinnig geworden«, fügte der Arzt nach einem Augenblick des Schweigens hinzu. »Ach,« fuhr er fort, indem er Herrn d'Albons Hand ergriff, »wie grauenhaft ist das Leben für diese kleine Frau gewesen, die so jung war und so zart! Nachdem sie durch ein unerhörtes Unglück von diesem Gardegrenadier namens Fleuriot getrennt worden war, wurde sie zwei Jahre lang hinter der Armee hergeschleppt, als ein Spielzeug für einen Haufen Elender. Sie ging, wie man mir gesagt hat, barfuß und schlecht gekleidet; und ganze Monate lang blieb sie ohne Pflege und ordentliche Ernährung; bald nahm man sie in Spitälern auf, bald jagte man sie wie einen Hund davon. Gott allein kennt all das Unglück, das diese Unselige dennoch überlebt hat. Sie lebte, mit Irren eingesperrt, in einer kleinen Stadt Deutschlands, während ihre Verwandten, die sie für tot hielten, sich hier ihren Nachlaß teilten. 1816 erkannte der Grenadier Fleuriot sie in einer Herberge in Straßburg; sie hatte diese Stadt erreicht, nachdem sie aus ihrem Gefängnis entwichen war. Ein paar Bauern erzählten dem Grenadier, daß die Gräfin einen vollen Monat hindurch in einem Walde gelebt hatte; sie hatten eine Treibjagd veranstaltet, um sich ihrer zu bemächtigen, ohne daß es ihnen gelang. Ich war damals wenige Meilen von Straßburg entfernt. Als ich von einem wilden Mädchen erzählen hörte, kam mich das Verlangen an, die ungewöhnlichen Ergebnisse zu untersuchen, die so viel Stoff für lächerliche Märchen gaben. Wie war mir, als ich die Gräfin erkannte! Fleuriot teilte mir mit, was er von dieser beklagenswerten Geschichte wußte. Ich führte den armen Mann, mit meiner Nichte in die Auvergne, wo ich das Unglück hatte, ihn zu verlieren. Er hatte ein wenig Gewalt über Frau von Vandières. Er allein konnte es bei ihr durchsetzen, daß sie sich anzog. ›Leb wohl!‹ das ist das einzige, was sie spricht; früher sagte sie es selten. Fleuriot hat versucht, ein paar Gedanken in ihr zu erwecken; aber er ist gescheitert und erreichte nichts, als daß sie dieses traurige Wort ein wenig häufiger aussprach. Der Grenadier verstand es, sie zu zerstreuen und zu beschäftigen, indem er mit ihr spielte, und durch ihn hoffte ich ... aber ...«

Stephanies Onkel verstummte einen Augenblick. »Hier«, fuhr er fort, »hat sie ein zweites Geschöpf gefunden, mit dem sie sich zu verstehen scheint. Es ist eine idiotische Bäuerin, die trotz ihrer Häßlichkeit und Borniertheit einen Maurer geliebt hat. Dieser Maurer wollte sie heiraten, weil sie ein paar Acker besitzt. Die arme Genoveva war ein Jahr hindurch das glücklichste Geschöpf der Welt, sie schmückte sich und ging sonntags mit Dallot zum Tanz; sie verstand die Liebe, es gab in ihrem Herzen und in ihrem Geist noch Raum für eine Empfindung. Aber Dallot hat sich die Sache anders überlegt; er hat ein junges Mädchen gefunden, das bei vollem Verstande ist und zwei Acker mehr besitzt als Genoveva. Dallot ließ Genoveva also sitzen. Das arme Geschöpf verlor auch den Rest des Verstandes, den die Liebe in ihr entwickelt hatte; und sie kann nur noch Kühe hüten und Gras mähen. Meine Nichte und dieses arme Mädchen sind gewissermaßen verbunden durch die unsichtbare Kette ihres gemeinsamen Schicksals und durch die Empfindung, in der ihr Wahnsinn begründet liegt. Da, sehen Sie!« sagte Stephanies Onkel, indem er den Marquis d'Albon ans Fenster führte.

Wirklich sah der Richter die hübsche Gräfin zwischen Genovevas Knien sitzen. Die Bäuerin, die einen ungeheuren knöchernen Kamm in der Hand hielt, verwandte ihre ganze Aufmerksamkeit darauf, Stephanie, die alles geschehen ließ, indem sie erstickte Schreie ausstieß, die auf ein instinktiv empfundenes Lustgefühl deuteten, das lange schwarze Haar zu entwirren. Es durchschauderte Herrn d'Albon, als er die Hingegebenheit des Körpers und das tierische Sichgehenlassen der Gräfin bemerkte, das von einem vollständigen Fehlen der Seele sprach. »Philipp! Philipp!« rief er aus. »Das vergangene Unglück ist noch nichts. Bleibt denn keine Hoffnung?« fragte er. Der alte Arzt hob die Augen gen Himmel. »Leben Sie wohl«, sagte d'Albon, indem er dem alten Mann die Hand drückte. »Mein Freund erwartet mich; Sie werden ihn bald sehen.«

»Sie ist es also wirklich?« rief Sucy, als er die ersten Worte des Marquis vernommen hatte. »Ach, ich hatte noch daran gezweifelt!« fügte er hinzu, während seinen schwarzen Augen, deren Ausdruck gewöhnlich streng war, ein paar Tränen entrollten. »Ja, es ist die Gräfin von Vandières«, erwiderte der Richter. Der Oberst stand auf und begann sich in aller Eile anzuziehen. »Wie, Philipp,« sagte sein Freund erstaunt, »solltest du wahnsinnig werden?« »Aber mir fehlt nichts«, erwiderte der Oberst schlicht. »Diese Nachricht hat all meine Schmerzen gelindert; und wie könnte von Leiden noch die Rede sein, bei dem Gedanken an Stephanie? Ich will ins Kloster; ich will sie sehen, mit ihr sprechen, sie heilen. Sie ist frei: nun, das Glück soll uns noch einmal lächeln, oder es gäbe keine Vorsehung. Glaubst du denn, daß diese arme Frau mich vernehmen könnte, ohne die Vernunft zurückzugewinnen?« »Sie hat dich schon einmal gesehen, ohne dich zu erkennen«, erwiderte der Richter sanft; denn da er die überspannte Hoffnung seines Freundes bemerkte, suchte er ihm heilsame Zweifel einzuflößen. Der Oberst erzitterte; aber er lächelte und hatte eine ungläubige Geste. Niemand wagte, sich dem Vorhaben des Obersten zu widersetzen. Wenige Stunden darauf war er bei dem Arzt und der Gräfin von Vandières in der alten Abtei.

»Wo ist sie?« fragte er, als er eintraf. »Sch!« erwiderte Herr Fanjat, Stephanies Onkel. »Sie schläft. Sehen Sie, dort ist sie.«

Philipp sah die arme Wahnsinnige auf einer Bank in der Sonne kauern. Ihr Kopf war gegen die Gluten der Luft geschützt durch den Wald von Haaren, die ihr Gesicht wirr verdeckten; ihre Arme hingen anmutig bis zur Erde hinab; ihr Körper lag in reizvoller Haltung da, ähnlich der einer Hirschkuh; die Beine hatte sie mühelos unter sich zusammengezogen; ihre Brust hob sich in gleichen Zwischenräumen; ihre Haut, ihr Gesicht hatte jene Weiße des Porzellans, die wir im durchscheinenden Teint der Kinder so sehr bewundern. Genoveva saß reglos neben ihr und hielt in der Hand einen Zweig, den Stephanie ohne Zweifel im höchsten Wipfel einer Pappel gebrochen hatte; die Idiotin bewegte das Laubwerk leise über ihrer schlafenden Gefährtin hin und her, um die Fliegen zu verjagen und die Luft aufzufrischen. Die Bäuerin sah Herrn Fanjat und den Obersten an. Dann wandte sie wie ein Tier, das seinen Herrn erkannt hat, den Kopf langsam wieder ihrer Gefährtin zu und überwachte sie, ohne das geringste Zeichen des Staunens oder des Verständnisses zu verraten. Die Luft war glühend; die Steinbank schien zu funkeln, und die Wiese sandte einen Ungewissen, wie Goldstaub über den Kräutern tanzenden und flackernden Dunst zum Himmel empor. Aber Genoveva schien diese zehrende Hitze nicht zu spüren. Der Oberst drückte die Hände des Arztes krampfhaft in den seinen. Dem Offizier liefen die Tränen, die seinen Augen entrannen, die männlichen Wangen herab und fielen zu Stephanies Füßen ins Gras.

»Seit zwei Jahren«, sagte der Onkel, »bricht mir tagtäglich das Herz. Bald wird es Ihnen gehen wie mir. Wenn Sie auch nicht mehr

weinen werden, so werden Sie Ihren Schmerz darum doch spüren.«
»Sie haben sie gepflegt!« sagte der Oberst, dessen Augen ebensoviel
Dankbarkeit wie Eifersucht ausdrückten.

Die beiden Männer verstanden sich; und indem sie sich nochmals
kräftig die Hände drückten, blieben sie reglos stehen, indem sie die
wundervolle Ruhe betrachteten, die der Schlummer über dieses
reizende Geschöpf ausgoß. Von Zeit zu Zeit ließ Stephanie einen
Seufzer vernehmen; und bei diesen Seufzern, die alle Anzeichen des
Gefühls trugen, durchschauderte den unglücklichen Obersten ein
Wohlgefühl. »Ach,« sagte Herr Fanjat leise, »täuschen Sie sich nicht,
Herr Oberst, Sie sehen sie in diesem Augenblick bei ihrer vollen
Vernunft.«

All jene, die ganze Stunden lang damit beschäftigt waren, ein
zärtlich geliebtes Wesen, dessen Augen ihnen beim Erwachen zulä-
cheln mußten, im Schlaf zu betrachten, werden ohne Zweifel die
süße, furchtbare Empfindung verstehen, die den Obersten bewegte.
Für ihn war dieser Schlummer eine Illusion; das Erwachen mußte
ein Tod sein, und zwar der grauenhafteste Tod. Plötzlich lief eine
junge Ziege in ein paar Sätzen auf die Bank zu und beschnupperte
Stephanie, die von dem Geräusch erwachte. Sie sprang leicht auf die
Füße, ohne das launische Tier durch diese Bewegung zu erschre-
cken. Doch als sie Philipp bemerkte, entlief sie mit ihrer vierfüßigen
Gefährtin bis zu einer Holunderhecke; dann stieß sie jenen leisen
Schrei eines erschreckten Vogels aus, den der Oberst schon vom
Gitter aus vernommen hatte, als die Gräfin zum ersten Mal vor
Herrn d'Albon erschienen war. Schließlich kletterte sie auf einen
Eschenbaum, setzte sich in die grüne Krone und begann den
›Fremden‹ mit der Aufmerksamkeit der neugierigsten aller Nachti-
gallen des Waldes zu betrachten.

»Leb wohl, leb wohl, leb wohl!« sagte sie, ohne daß die Seele diesem Wort den geringsten Gefühlston lieh. Es war die Gleichgültigkeit des Vogels, der seine Weise pfeift.

»Sie erkennt mich nicht!« rief der Oberst verzweifelt ... »Stephanie, ich bin Philipp, dein Philipp! ... Philipp!« Und der arme Offizier
ging auf den Eschenbaum zu; doch als er dem Baum bis auf drei
Schritte nahe gekommen war, sah die Gräfin ihn an, als wollte sie
ihn herausfordern, wiewohl ihr Auge flüchtig einen Ausdruck von

Furchtsamkeit zeigte; dann entsprang sie mit einem einzigen Satz aus dem Eschenbaum in eine Akazie, und von dort in eine nordische Fichte, in der sie sich mit unerhörter Leichtigkeit von Ast zu Ast wiegte.

»Folgen Sie ihr nicht«, sagte Herr Fanjat zum Obersten. »Sie würden eine Abneigung zwischen sich und ihr hervorrufen, die vielleicht unüberwindlich würde. Ich will Ihnen helfen, sich ihr bekannt zu machen und sie zu zähmen. Kommen Sie auf diese Bank. Wenn Sie nicht mehr auf die arme Wahnsinnige achten, so werden Sie bald sehen, wie sie sich unmerklich nähert, um Sie zu betrachten.«

»Sie! Und mich nicht erkennen! Und mich fliehen!« wiederholte der Oberst, indem er sich mit dem Rücken gegen einen Baum setzte, dessen Laub eine Gartenbank beschattete. Der Kopf sank ihm auf die Brust. Der Doktor bewahrte Schweigen. Bald stieg die Gräfin leise aus ihrer Fichte herab, indem sie tänzelte wie ein Irrlicht und sich bisweilen den Wellenbewegungen anschmiegte, die der Wind den Bäumen mitteilte. Auf jedem Ast machte sie Halt, um den Fremden zu betrachten; aber als sie sah, daß er reglos blieb, sprang sie schließlich aufs Gras hinab, richtete sich auf und ging langsam über die Wiese auf ihn zu. Als sie sich gegen einen Baum gelehnt hatte, der etwa zehn Fuß von der Bank entfernt war, sagte Herr Fanjat mit gedämpfter Stimme zum Obersten: »Nehmen Sie unvermerkt ein paar Stück Zucker aus meiner Tasche und zeigen Sie sie ihr, dann wird sie kommen; ich verzichte gern zu Ihren Gunsten auf das Vergnügen, ihr die Näschereien zu geben. Durch den Zucker, den sie leidenschaftlich liebt, werden Sie sie daran gewöhnen, sich Ihnen zu nahen und Sie dann zu erkennen.« »Als sie noch eine Frau war,« erwiderte Philipp traurig, »fand sie keinen Geschmack an süßen Speisen.«

Als der Oberst das Stück Zucker, das er zwischen Daumen und Zeigefinger der rechten Hand hielt, Stephanie entgegenstreckte, stieß sie von neuem ihren wilden Schrei aus und stürzte lebhaft auf Philipp zu; dann blieb sie stehen, besiegt von der instinktiven Furcht, die er ihr einflößte. Sie sah bald den Zucker an und wandte bald den Kopf wieder ab; darin jenen unglücklichen Hunden gleich, denen ihre Herren verbieten, ein Gericht zu berühren, bevor man mit langsamer Stimme einen der letzten Buchstaben des Alphabets gesprochen hat. Schließlich triumphierte die tierische Leidenschaft über die Furcht: Stephanie stürzte auf Philipp zu, streckte furchtsam die schöne braune Hand aus, um ihre Beute zu fassen, berührte die Finger ihres Geliebten, ergriff den Zucker und verschwand in einem Gebüsch. Diese furchtbare Szene entmutigte den Obersten vollends, so daß er in Tränen ausbrach und in den Salon entfloh.

»Hätte denn die Liebe weniger Kraft als die Freundschaft?« sagte Herr Fanjat. »Ich habe Hoffnung, Herr Baron. Meine Nichte war schon in einem weit beklagenswerteren Zustand, als Sie sie jetzt sehen.« »Ist es möglich?« rief Philipp. »Sie blieb immer nackt«, erwiderte der Arzt. Der Oberst machte eine Bewegung des Grauens und erbleichte. Der Doktor glaubte in diesem Erbleichen ein paar ernsthafte Symptome zu erkennen; er betastete ihm den Puls und fand, daß er von einem heftigen Fieber befallen war. Es gelang ihm durch Bitten, ihn ins Bett zu bringen; und er verabreichte ihm eine leichte Dosis Opium, um ihm einen ruhigen Schlaf zu verschaffen.

Acht Tage etwa verstrichen, während deren der Baron von Sucy oft mit Todesängsten rang; bald hatten denn auch seine Augen keine Tränen mehr. Seine oft gebrochene Seele konnte sich nicht an das Schauspiel gewöhnen, das der Wahnsinn der Gräfin darbot; aber er schloß sozusagen mit dieser grausamen Situation einen Vergleich und fand Linderungen in seinem Schmerz. Sein Heroismus kannte keine Grenzen mehr. Er fand den Mut, Stephanie zu zähmen, indem er ihr Leckereien aussuchte; er brachte ihr diese Nahrung mit so viel Sorgfalt, er lernte die bescheidenen Eroberungen, die er im Instinkt seiner Geliebten, diesem letzten Fetzen ihres Intellekts, machen wollte, so gut abzustufen, daß es ihm gelang, sie zahmer zumachen, als sie es je gewesen war. Jeden Morgen ging der Oberst in den Park hinunter; und wenn er die Gräfin lange gesucht hatte und nicht erraten konnte, auf welchem Baum sie sich schaukelte, noch in welchem Winkel sie sich hingekauert hatte, um mit einem Vogel zu spielen, oder auf welchem Dach sie saß, so pfiff er die bekannte Melodie ›Syrien ist unser Ziel‹, an die sich die Erinnerung einer Szene ihrer Liebe knüpfte; auf der Stelle kam sie dann leicht wie ein junges Reh herbeigelaufen. Sie hatte sich so sehr an den Anblick des Obersten gewöhnt, daß er sie nicht mehr erschreckte; bald pflegte sie sich ihm aufs Knie zu setzen, ihn mit ihrem hagern, beweglichen Arm zu umschlingen. In dieser allen Liebenden so teuern Haltung gab Philipp der leckeren Gräfin langsam ein paar Süßigkeiten. Wenn sie sie alle verzehrt hatte, so geschah es oft, daß sie die Taschen ihres Freundes durchsuchte, und zwar mit Gesten, die die mechanische Geschwindigkeit der Bewegungen eines Affen hatten. Sobald sie ganz sicher war, daß er nichts mehr hatte, sah sie Philipp gedankenlos und ohne ihn zu erkennen mit klarem Auge an; sie spielte dann mit ihm, sie versuchte, ihm die Stiefel auszuziehen, weil sie seinen Fuß sehen wollte, sie zerriß ihm die Handschuhe und setzte sich seinen Hut auf. Aber sie duldete es, daß er mit der Hand durch ihr Haar strich, sie erlaubte ihm, sie in die Arme zu nehmen, und seine glühenden Küsse ließ sie ohne Lustempfindung über sich ergehen; schließlich sah sie ihm auch schweigend zu, wenn er Tränen vergoß. Wohl verstand sie die Melodie ›Syrien ist unser Ziel‹; aber es gelang ihm nicht, sie dazu zu bringen, daß sie ihren eigenen Namen Stephanie aussprach. Philipp wurde in seinem furchtbaren Unternehmen aufrecht erhalten durch eine Hoffnung, die ihn nie verließ. Wenn er die Gräfin an einem schönen Herbstmorgen friedlich unter einer vergilbten Pappel auf einer Bank sitzen sah, so legte der arme Liebende sich ihr zu Füßen nieder und sah ihr so lange in die Augen, wie sie es dulden wollte; denn immer hoffte er, das fliehende Licht in ihnen werde nicht ewig verständnislos bleiben. Bisweilen machte er sich Illusionen: er glaubte bemerkt zu haben, daß diese harten und reglosen Blicke von etwas Neuem vibrierten, weich und lebendig wurden, und er rief: »Stephanie, Stephanie, du hörst mich, du siehst mich!« Aber sie lauschte auf den Klang dieser Stimme wie auf ein Geräusch, wie auf den Hauch des Windes, der die Bäume bewegte, wie auf das Brüllen der Kuh, die sie erkletterte; und der Oberst rang die Hände in Verzweiflung, in einer immer neuen Verzweiflung. Die Zeit und seine vergeblichen Versuche steigerten seinen Schmerz nur noch. Eines Abends sah Herr Fanjat aus der Ferne unter einem ruhigen Himmel, mitten im Schweigen und Frieden dieses ländlichen Zufluchtsortes, den Baron damit beschäftigt, eine Pistole zu laden. Der alte Arzt begriff, daß Philipp keine Hoffnung mehr hatte. Er fühlte, wie ihm sein ganzes Blut zum Herzen strömte; und wenn er dem Schwindel widerstand, der sich seiner bemächtigen wollte, so war es, weil er seine Nichte lieber als Wahnsinnige am Leben sehen wollte als tot. Er lief hinzu.

»Was machen Sie?« fragte er. »Die da ist für mich!« erwiderte der Oberst, indem er ihm eine geladene Pistole auf der Bank zeigte; »und diese für sie!« fügte er hinzu, indem er den Pfropfen in die Waffe hineinstieß, die er in der Hand hielt.

Die Gräfin lag am Boden und spielte mit den Kugeln. »So wissen Sie nicht,« erwiderte der Arzt kühl, indem er sein Entsetzen verbarg, »daß sie heut nacht im Schlaf ›Philipp‹ gesagt hat?« »Sie hat meinen Namen genannt!« rief der Baron, indem er die Pistole fallen ließ, die Stephanie sofort aufraffte; er aber riß sie ihr aus der Hand, ergriff auch die, die auf der Bank lag, und eilte davon.

»Arme Kleine!« rief der Arzt, glücklich über den Erfolg, den sein Trug gehabt hatte. Er drückte die Wahnsinnige an seine Brust und sagte, indem er fortfuhr: »Er hätte dich getötet, der Egoist! Er will dir das Leben nehmen, weil er leidet. Er versteht nicht, dich um deiner selbst willen zu lieben, mein Kind! Wir vergeben ihm, nicht wahr? Er ist von Sinnen, und du bist nur wahnsinnig. Komm, Gott allein soll dich zu sich rufen. Wir halten dich für unglücklich, weil du an unserm Elend keinen Anteil mehr nimmst, wir Dummköpfe. Aber«, sagte er, indem er sie auf seine Knie zog, »du bist glücklich«, nichts quält dich; du lebst wie der Vogel, wie das Wild ...« Sie stürzte sich auf eine junge Amsel, die umhersprang, stieß einen Freudenschrei aus, als sie sie fing, erstickte sie, sah die kleine Leiche an und warf sie unter einen Baum, ohne weiter daran zu denken. Am folgenden Tage kam der Oberst, sobald es Tag wurde, in die Gärten hinab und suchte Stephanie; er glaubte an das Glück. Da er sie nicht fand, so pfiff er. Als seine Geliebte kam, nahm er sie am Arm; sie gingen zum ersten Mal zusammen und traten unter eine Gruppe verwelkter Bäume, deren Blätter unter der Morgenbrise fielen. Der Oberst setzte sich, und sie setzte sich ihm von selber auf den Schoß. Philipp zitterte vor Wohlgefühl. »Mein Liebling,« sagte er, indem er der Gräfin glühend die Hände küßte, »ich bin Philipp!« Sie sah ihn neugierig an. »Komm,« fügte er hinzu, indem er sie drückte, »fühlst du mein Herz schlagen? Es hat nur für dich geschlagen. Ich liebe dich immer noch. Philipp ist nicht tot, er ist da, du sitzt auf seinem Knie. Du bist meine Stephanie, ich bin dein Philipp!« »Leb wohl,« sagte sie, »leb wohl.« Den Obersten schauderte. Er glaubte zu bemerken, daß seine Glut sich der Geliebten mitteile; sein durchdringender Schrei, den die Hoffnung ihm entlockte, die letzte Anstrengung einer unvergänglichen Liebe, einer wahnsinnigen Leidenschaft, wecke die Vernunft seiner Freundin. »Ah, Stephanie, wir werden noch einmal glücklich!«

Ihrem Munde entschlüpfte ein Schrei der Befriedigung, und in ihren Augen blitzte es wie ein Verständnis auf. »Sie erkennt mich ... Stephanie!« Der Oberst fühlte, wie ihm das Herz schwoll, wie seine Wimpern feucht wurden. Aber plötzlich sah er, wie die Gräfin ihm ein wenig Zucker zeigte, den sie gefunden hatte, als sie ihn durchsuchte, während er sprach. Er hatte also jene Stufe der Vernunft, wie sie selbst die Bosheit des Affen voraussieht, für einen menschlichen Gedanken gehalten ... Philipp verlor die Besinnung. Herr Fanjat fand die Gräfin auf den Körper des Obersten hingekauert. Sie nagte an ihrem Stück Zucker und gab ihr Vergnügen durch kleine Ziererereien zu erkennen, die man bewundert hätte, wenn sie bei voller Vernunft aus Scherz ihren Papagei oder ihr Kätzchen hätte nachahmen wollen.

»Ach, mein Freund,« sagte Philipp, als er wieder zu sich kam, »ich sterbe tagtäglich, jeden Augenblick! Ich liebe zu sehr! Ich würde alles ertragen, wenn sie in ihrem Wahnsinn ein wenig vom weiblichen Charakter bewahrt hätte. Aber sie immer so zu sehen, wild und selbst der Scham bar; sie zu sehen ...« »Sie brauchten also einen Opernwahnsinn,« sagte der Doktor bitter, »und die Hingabe Ihrer Liebe ist Vorurteilen unterworfen? Nun, Herr Oberst, ich habe mir um Ihretwillen das traurige Glück entzogen, meine Nichte zu speisen; ich habe Ihnen das Vergnügen abgetreten, mit ihr zu spielen; mir habe ich nur die schwersten Aufgaben vorbehalten ... Während Sie schlafen, wache ich bei ihr; ich ... Gehen Sie, Herr Oberst, verlassen Sie sie. Verlassen Sie diese traurige Einsamkeit. Ich verstehe es, mit diesem teuren kleinen Geschöpf zu leben; ich verstehe ihren Wahnsinn, ich verfolge ihre Gesten, ich bin eingeweiht in ihre Geheimnisse. Sie werden mir eines Tages dafür danken.«

Der Oberst verließ das Kloster, um nur noch einmal dahin zurückzukehren. Der Doktor war entsetzt über die Wirkung, die er auf seinen Gast hervorgebracht hatte; er begann ihn ebensosehr zu lieben wie seine Nichte. Wenn von den beiden Liebenden einer zu bemitleiden war, so war es sicherlich Philipp: trug nicht er allein die Bürde eines furchtbaren Schmerzes? Der Arzt ließ Erkundigungen

über den Obersten einziehen und erfuhr, daß der Unglückliche sich
auf ein ihm gehöriges Landgut bei Saint-Germain zurückgezogen
hatte. Der Baron hatte auf Grund eines Traums einen Plan entwor-
fen, wie er der Gräfin ihre Vernunft zurückgeben wollte. Ohne Wissen des Doktors verwandte er den Rest des Herbstes auf die Vorbe-
reitungen zu diesem ungeheuren Unternehmen. Durch seinen Park
floß ein kleiner Fluß und überschwemmte dort im Winter einen
Sumpf, der dem am rechten Ufer der Beresina glich. Das Dorf Sa-
tout, das auf einem Hügel lag, rahmte diese Schreckensszene etwa
ein, wie Studjanka die Ebene der Beresina abschloß. Der Oberst rief
Arbeiter herbei, um einen Kanal ausheben zu lassen, der den räube-
rischen Fluß darstellen sollte, an dem Frankreichs Schätze, Napoleon und sein Heer verloren gegangen waren. Es gelang Philipp, dem
seine Erinnerungen zu Hilfe kamen, in seinem Park ein Abbild des
Ufers herzustellen, auf dem General Eblé seine Brücken erbaut hatte. Er errichtete Gerüste und äscherte sie ein, so daß sie den ge-
schwärzten und halb verkohlten Bohlen glichen, die auf beiden
Seiten des Flusses den Nachzüglern Kunde davon gegeben hatten,
daß ihnen die Straße nach Frankreich verschlossen war. Der Oberst
ließ Trümmer herbeischaffen, ähnlich denen, deren sich seine Un-
glücksgenossen bedient hatten, um das Floß zu bauen. Um die Täu-
schung, auf die er seine legte Hoffnung legte, vollkommen zu machen, verwüstete er seinen Park. Er bestellte zerfegte Uniformen
und Kostüme, um ein paar hundert Bauern damit zu bekleiden. Er
errichtete Hütten, Biwake und Batterien und äscherte alles ein.
Kurz, er vergaß nichts von all dem, was die grauenhafteste aller
Szenen wiedererwecken konnte; und er erreichte sein Ziel. In den
ersten Dezembertagen, als der Schnee die Erde mit einer dicken
weißen Decke bekleidet hatte, glaubte er die Beresina zu sehen.
Dieses falsche Rußland war von so erschreckender Echtheit, daß
mehrere seiner Waffengefährten die Szene ihres einstigen Elends
wiedererkannten. Herr von Sucy hütete das Geheimnis dieser tragi-
schen Bühne, von der man um diese Zeit in der Pariser Gesellschaft
vielfach wie von einer Narrheit sprach.

1820 stieg der Oberst Anfang Januar in einen Wagen, ähnlich
dem, der Herrn und Frau von Vandières von Moskau nach Studjanka gebracht hatte, und er schlug die Richtung nach dem Walde von
L'Isle-Adam ein. Die Pferde, die ihn zogen, glichen ebenfalls nahezu

denen, die er mit Lebensgefahr aus den russischen Reihen geholt hatte. Er selbst trug dieselben schmutzigen und wunderlichen Kleider, die Waffen, die Kopfbedeckung wie am 29. November 1812. Er hatte sich sogar den Bart und das Haar wachsen lassen und sein Gesicht vernachlässigt, damit nichts an der schauerlichen Wahrheit fehlte.

»Ich habe Sie erraten«, rief Herr Fanjat, als er den Obersten aus dem Wagen steigen sah. »Wenn Sie wollen, daß Ihr Plan gelingt, so zeigen Sie sich nicht in diesem Aufzug. Heute abend werde ich meiner Nichte Opium geben; während sie schläft, werden wir sie ankleiden, wie sie in Studjanka gekleidet war; dann legen wir sie in diesen Wagen. Ich werde Ihnen in einer Berline folgen.«

Gegen zwei Uhr morgens wurde die junge Gräfin in den Wagen getragen, auf Kissen gelegt und in eine grobe Decke gehüllt. Ein paar Bauern leuchteten bei dieser sonderbaren Entführung. Plötzlich hallte ein gellender Schrei durch die Stille der Nacht. Philipp und der Arzt wandten sich um und sahen Genoveva, die halbnackt aus dem niedern Zimmer trat, in dem sie schlief.

»Leb wohl, leb wohl, es ist aus! Leb wohl!« rief sie unter heißen Tränen. »Nun, Genoveva, was hast du?« fragte Herr Fanjat. Genoveva schüttelte mit einer Bewegung der Verzweiflung den Kopf, hob die Arme zum Himmel empor, sah den Wagen an, stieß ein langes Grunzen aus, gab sichtliche Zeichen des tiefsten Schreckens zu erkennen und kehrte wortlos ins Haus zurück.

»Das ist ein gutes Vorzeichen«, rief der Oberst aus. »Dies Mädchen bedauert, daß sie keine Gefährtin mehr hat. Sie sieht vielleicht, daß Stephanie die Vernunft zurückerlangen wird.« »Gott gebe es!« erwiderte Herr Fanjat, dem dieser Zwischenfall Eindruck zu machen schien. Seit er sich mit dem Wahnsinn beschäftigt hatte, war er mehreren Beispielen des prophetischen Geistes und der Gabe des zweiten Gesichts begegnet, von denen gerade Geisteskranke einige Beweise geliefert haben und die sich nach mehreren Reisenden bei wilden Stämmen finden.

Wie der Oberst es berechnet hatte, kam Stephanie gegen neun Uhr morgens über die falsche Ebene der Beresina; geweckt wurde sie durch einen Böller, der etwa hundert Schritt vor der Stelle, wo die Szene sich abspielte, gelöst wurde. Es war ein Signal. Tausend

Bauern stießen ein furchtbares Geschrei aus, ähnlich dem Kampf-schrei der Verzweiflung, der die Russen schrecken sollte, als sich zwanzigtausend Nachzügler durch eigene Schuld dem Tode oder der Gefangenschaft ausgeliefert sahen. Bei diesem Schuß und die-sem Schrei sprang die Gräfin aus dem Wagen heraus und lief in wahnsinniger Angst über die Schneefläche hin, auf der sie die ver-brannten Biwake sah und unten das verhängnisvolle Floß, das man in eine gefrorene Beresina hinabließ. Dort stand der Major Philipp und schwang seinen Säbel gegen die Menge. Frau von Vandières stieß einen Schrei aus, bei dem aller Herzen erstarrten, und sprang vor den erzitternden Obersten hin. Sie sammelte sich und sah dieses seltsame Bild zunächst unklar an. Während eines blitzschnellen Augenblicks huschte jene des Verstandes bare Helle durch ihre Augen, die wir im glänzenden Auge des Vogels bewundern. Dann strich sie sich mit der lebhaften Geste dessen, der nachdenkt, mit der Hand über die Stirn, betrachtete diese lebendige Erinnerung, dieses vergangene Leben, das ihr vorgeführt wurde, wandte den Kopf scharf auf Philipp zu – und sah ihn! Ein grauenhaftes Schwei-gen herrschte in der Menge. Der Oberst keuchte und wagte nicht zu reden; der Doktor weinte. Stephanies schönes Gesicht gewann ein wenig Farbe; nach und nach nahm sie schließlich wieder den Glanz eines jungen Mädchens an, das von Frische funkelt. Ein schönes Purpurrot übergoß ihr Gesicht. Leben und Glück rückten, belebt von einer noch flackernden Intelligenz, wie ein Brand immer näher. Ein krampfhaftes Zittern lief von den Füßen bis zum Herzen hinauf. Dann fanden diese Erscheinungen, die in einem Augenblick auf-blitzten, ein gemeinsames Band: Stephanies Augen sprühten einen himmlischen Strahl, eine lebende Flamme aus. Sie lebte, sie dachte! Sie erschauderte – ob vor Angst? Gott selber löste diese tote Zunge zum zweiten Mal und goß von neuem sein Feuer in diese erlosche-ne Seele. Der menschliche Wille kam mit seinen elektrischen Strö-men und belebte den Körper, den er so lange verlassen hatte.

»Stephanie!« rief der Oberst. »Oh, das ist Philipp!« sagte die arme Gräfin.

Sie stürzte sich in die zitternden Arme, die ihr der Oberst entge-genstreckte; doch die Umschlingung der beiden Liebenden er-schreckte die Zuschauer. Stephanie brach in Tränen aus. Plötzlich versiegten die Tropfen, sie wurde zur Leiche, als hätte der Blitz sie gerührt, und sagte mit schwacher Stimme: »Leb wohl, Philipp ... Ich liebe dich ... Leb wohl!«

»Oh – sie ist tot!« rief der Oberst, indem er die Arme öffnete. Der alte Arzt fing den leblosen Körper seiner Nichte auf, nahm ihn wie ein junger Mann in die Arme, trug ihn davon und setzte sich mit ihm auf einen Holzhaufen. Er sah die Gräfin an und legte ihr eine schwache und krampfhaft zitternde Hand aufs Herz. Das Herz schlug nicht mehr. »Es ist also wahr?« sagte er, indem er abwechselnd den reglosen Obersten und Stephanies Gesicht ansah, das der Tod mit jener strahlenden Schönheit übergoß, der flüchtigen Aureole, dem Pfand vielleicht einer glänzenden Zukunft ... »Ja, sie ist tot.« »Ah, dieses Lächeln!« rief Philipp. »Sehen Sie doch dieses Lächeln! Ist es möglich?« »Sie ist schon kalt! ...« erwiderte Herr Fanjat.

Herr von Sucy tat ein paar Schritte, um sich von diesem Schauspiel loszureißen, aber er blieb stehen, pfiff die Melodie, auf die die Wahnsinnige gehört hatte, und ging, als er seine Geliebte nicht herbeieilen sah, wie ein Trunkener mit schwankendem Schritt davon; er pfiff immer noch, aber er sah sich nicht mehr um.

*

Der General Philipp von Sucy galt in der Gesellschaft als ein sehr liebenswürdiger und vor allem sehr lustiger Mann. Vor ein paar Tagen machte ihm eine Dame ein Kompliment über seine gute Laune und die Gleichmäßigkeit seines Wesens. »Ach, gnädige Frau,« sagte er, »ich zahle meine Scherze teuer genug, wenn ich abends allein bin.« »Sind Sie denn jemals allein?« »Nein«, erwiderte er lächelnd.

Wenn ein kundiger Beobachter der Menschennatur in diesem Augenblick Sucys Gesicht hätte sehen können, so hätte ihn zweifellos ein Schauder durchlaufen. »Weshalb verheiraten Sie sich nicht?« fuhr jene Dame fort, die mehrere Töchter in einem Pensionat hatte. »Sie sind reich, Offizier von hohem Rang, aus altem Adel; Sie haben Talente, eine Zukunft, und alles lächelt Ihnen.« »Ja,« erwiderte er, »aber es ist ein Lächeln, das mich tötet ...«

Am folgenden Tage erfuhr die Dame zu ihrem Staunen, daß Herr von Sucy sich in der Nacht eine Kugel in den Kopf geschossen hatte. Die hohe Gesellschaft unterhielt sich in verschiedenem Sinne über dieses außerordentliche, Ereignis, und jedermann suchte nach den Gründen. Je nach dem Geschmack des einzelnen Schwätzers erklärten das Spiel, die Liebe, der Ehrgeiz und geheime Ausschweifungen diese Katastrophe, die nur die Schlußszene eines 1812 begonnenen Dramas war. Nicht mehr als zwei Leute, ein Richter und ein alter Arzt, wußten, daß der Herr Graf von Sucy einer jener starken Männer war, denen Gott die unglückselige Kraft gibt, jeden Tag als Sieger aus einem furchtbaren Kampf hervorzugehen, den sie einem unbekannten Ungeheuer liefern ... Wenn Gott einen Augenblick die Hand von ihnen abzieht, so erliegen sie.

Über tredition

Eigenes Buch veröffentlichen

tredition wurde 2006 in Hamburg gegründet und hat seither mehrere tausend Buchtitel veröffentlicht. Autoren veröffentlichen in wenigen leichten Schritten gedruckte Bücher, e-Books und audio-Books. tredition hat das Ziel, die beste und fairste Veröffentlichungsmöglichkeit für Autoren zu bieten.

tredition wurde mit der Erkenntnis gegründet, dass nur etwa jedes 200. bei Verlagen eingereichte Manuskript veröffentlicht wird. Dabei hat jedes Buch seinen Markt, also seine Leser. tredition sorgt dafür, dass für jedes Buch die Leserschaft auch erreicht wird.

Im einzigartigen Literatur-Netzwerk von tredition bieten zahlreiche Literatur-Partner (das sind Lektoren, Übersetzer, Hörbuchsprecher und Illustratoren) ihre Dienstleistung an, um Manuskripte zu verbessern oder die Vielfalt zu erhöhen. Autoren vereinbaren direkt mit den Literatur-Partnern die Konditionen ihrer Zusammenarbeit und partizipieren gemeinsam am Erfolg des Buches.

Das gesamte Verlagsprogramm von tredition ist bei allen stationären Buchhandlungen und Online-Buchhändlern wie z. B. Amazon erhältlich. e-Books stehen bei den führenden Online-Portalen (z. B. iBookstore von Apple oder Kindle von Amazon) zum Verkauf.

Einfach leicht ein Buch veröffentlichen: **www.tredition.de**

Eigene Buchreihe oder eigenen Verlag gründen

Seit 2009 bietet tredition sein Verlagskonzept auch als sogenanntes "White-Label" an. Das bedeutet, dass andere Unternehmen, Institutionen und Personen risikofrei und unkompliziert selbst zum Herausgeber von Büchern und Buchreihen unter eigener Marke werden können. tredition übernimmt dabei das komplette Herstellungs- und Distributionsrisiko.

Zahlreiche Zeitschriften-, Zeitungs- und Buchverlage, Universitäten, Forschungseinrichtungen u.v.m. nutzen diese Dienstleistung von tredition, um unter eigener Marke ohne Risiko Bücher zu verlegen.

Alle Informationen im Internet: **www.tredition.de/fuer-verlage**

tredition wurde mit mehreren Innovationspreisen ausgezeichnet, u. a. mit dem Webfuture Award und dem Innovationspreis der Buch Digitale.

tredition ist Mitglied im Börsenverein des Deutschen Buchhandels.

Dieses Werk elektronisch lesen

Dieses Werk ist Teil der Gutenberg-DE Edition DVD. Diese enthält das komplette Archiv des Projekt Gutenberg-DE. Die DVD ist im Internet erhältlich auf **http://gutenbergshop.abc.de**

Zeitfracht Medien GmbH
Ferdinand-Jühlke-Straße 7
99095 Erfurt, Deutschland
produktsicherheit@kolibri360.de